उपन्यास

राजेश बेरी

Published By
Redgrab books Pvt.ltd.
942, Mutthiganj, Prayagraj, 211003
www.redgrabbooks.com
contact@redgrabbooks.com

First published by Redgrab Books in 2022

Printed and bound in India
Cover Design & Typesetting by Redgrab Books team

ISBN : 978-93-90944-50-7

प्यारे पाठकों को समर्पित

प्रस्तावना

वर्धमान हवेली के एक आलीशान बेडरूम में कमोलिका की सिसकियों की आवाज़ आ रही थी। वो रोते हुए शमा से एक ही बात कहे जा रही थी-

"शमा मेरे अभीर को बचा लो, वो मेरे अभीर को मुझसे छीनकर ले जायेगी" और शमा कमोलिका को हौसला देते हुए कह रही थी-

"नहीं कमोलिका तुम्हारे अभीर को तुमसे कोई नहीं छीन सकता, तुम्हें अपने बदन की सुंदरता की ताक़त पर भरोसा रखना होगा। क्योंकि तुम्हारे इस ख़ूबसूरत बदन की कशिश ही तुम्हें तुम्हारा अभीर लौटा सकती है।"

कमोलिका शमा की बातें सुनकर हैरान थी। उसने मंगलसूत्र, सिन्दूर, पति व्रता, ऐसे शब्दों की ताक़तों के बारे में पढ़ा और सुना था पर बदन की ख़ूबसूरती की ताक़त? ये बात उसकी समझ से परे थी। तब कमोलिका की आँखों के सवाल को पढ़ते हुए शमा ने उसे समझाया-

"कमोलिका तुम्हें अभीर के सामने ये साबित करना होगा कि तुम अनारकली से ज़्यादा सुंदर हो, ज़्यादा अटरेक्टिव हो। तुम्हें अभीर को ये यक़ीन दिलाना होगा कि उसे तुम्हारे संग संभोग करके ज़्यादा आनंद आयेगा न कि अनारकली के संग।"

शमा की बात सुनकर कमोलिका झल्ला उठी।

"पागल तो नहीं हो गयी तुम? मैं यहाँ अपने पति अभीर के संग अपने रिश्ते को बचाने की बात कर रही हूँ, वो रिश्ता जो प्यार के सूत्र में बँधा है! जो पवित्र है, शक्तिमान है और तुम मेरे सामने कैसी गंदी-गंदी बातें कर रही हो। बदन! आकर्षण! संभोग! और न जाने क्या क्या!!"

शमा ने एक लम्बा साँस लेते हुए कहा-

"यही दुविधा है हमारे देश के लोगों की ख़ास कर तुम जैसी औरतों की। प्यार के नाम पर सब कुछ करेंगी पति के साथ हर तरह का शारीरिक आनंद लेंगी पर उसके बारे में बात करते हुए शर्म आती है।" लगभग चिढ़ते हुए शमा ने कहा। उसने आगे जो कहा उस बात ने कमोलिका की आँखे खोल दीं-

"तुम्हारी नज़र में प्यार की क्या परिभाषा है? हाँ? तुम्हारी और अभीर की शादी? घर-गृहस्थी? रिश्तेदारी? या फिर वो पल जो तुम दोनों बंद कमरे में अकेले निर्वस्त्र गुज़ारते हो? एक-दूसरे की शाररिक इच्छाएँ पूरी करके?

अभीर जब भी घर से बाहर जाता है, क्यों उसका इंतज़ार करती हो सज-सँवर के? क्यों उसके सामने परफ़्यूम लगाती हो, सेक्सी ड्रेस पहनकर ख़ुद को पेश करती हो? ताकि तुम्हें अभीर वो शारीरिक सुख और आनंद दे, जिसकी चाहत क़ुदरत ने तुम्हारे दिलो-दिमाग़ में पैदा की है।" वो एक ही साँस में सब कुछ कह गयी थी और कमोलिका खुली आँखों से उसे देख रही थी। शमा ने आगे बढ़कर कमोलिका का हाथ थाम लिया और कहा-

"कमोलिका ये समाज हमारे लिए कई रिश्ते बनाता है पर क़ुदरत ने सिर्फ़ एक ही रिश्ता बनाया है, मर्द और औरत का। एडम और ईव को सोने के सेब खिलाकर इस बात का एहसास दिलाया। ईव को आकर्षित बनाया, उसके कोमल बदन की बनावट इस प्रकार बनायी कि एडम उसकी तरफ़ आकर्षित हो। उसे छूने की इच्छा करे, उसमें समाने की चाहत रखे, ताकि सृष्टि का संचालन हो। बताओ अगर सेक्स नहीं होगा तो बच्चे कैसे होंगे और सेक्स के लिए मन में ख़ुशी और उसकी लालसा होनी ज़रूरी है। इसीलिए ये नियम तब से लेकर आज तक चलता आ रहा है। जवान मर्द ख़ूबसूरत औरत की तरफ़ आकर्षित होता है और ख़ूबसूरत औरत जवान मर्द की तरफ़, और इसे ही हम प्यार कहते हैं!"

शमा ने लम्बा साँस लेकर आगे कहा-

"कैसी विडम्बना है प्यार के नाम पर सेक्स करते हैं, पर उसकी बात करते हुए शरमाते हैं!"

कमोलिका आँख में उम्मीद लिये शमा की बातें ध्यान से सुन रही थी। वो समझ चुकी थी कि उसे अगर अपने पति को वापस पाना है तो उसे प्यार की असली परिभाषा को बिना शर्म के अपनाना होगा। उसे अभीर को अपनी सुन्दरता से आकर्षित करके अपने साथ संभोग करने के लिए प्रेरित करना होगा। यही उसके प्यार की जीत होगी, वर्ना अभीर की मौत निश्चित है।

पर क्या कमोलिका अभीर की ज़िन्दगी बचा पायी? जानने के लिए उस कहानी में चलते हैं जो आज से तक़रीबन एक साल पहले शुरू हुई थी इसी वर्धमान हवेली से।

अनुक्रम

अध्याय १

रामपुर के जंगलों में रात का सन्नाटा पसरा हुआ था। रह-रहकर दूर से कहीं उल्लू के बोलने की आवाज़ आ रही थी। या फिर कुछ क़दमों की जो इस सन्नाटे को चीरते हुए आगे बढ़ रहे थे। तीन लोग जंगल की झाड़ियाँ सरकाते हुए आगे की ओर बढ़ रहे थे। ऐसा प्रतीत हो रहा था जैसे उनमें से एक उनका लीडर है। लम्बा-सा क़द, जिसने एक लम्बा-सा कोट पहना हुआ था और सर पर एक टोपी। हाथ में एक टार्च थी जिसकी रौशनी रास्ता दिखा रही थी और पीछे चल रहे दो लोगों के हाथ में बड़ी बंदूकें थीं। अचानक उस लम्बे आदमी ने अपने पीछे आ रहे दोनों आदमियों को रुकने का इशारा किया और उसने अपनी टॉर्च की रौशनी में देखा कि वहाँ एक आदमी की लाश पड़ी थी। उसने टॉर्च की रौशनी में देखा कि वो लाश टाँगों से बीच में से चिरी हुई थी। उस आदमी ने अपने दोनों साथियों को इशारा किया और दोनों ने उस लाश की टाँगों को रस्सी से बाँधा और खींचकर चल पड़े।

अगले ही पल वो जंगल के घने इलाक़े में थे। जहाँ एक छोटी-सी झोपड़ी बनी हुई थी। कुछ विदेशी मूल के लोग वहाँ काम कर रहे थे। ऐसा प्रतीत हो रहा था जैसे कोई छोटा-सा उद्योग है। जगह-जगह टेबल लगी हुई थीं, जिस पर कोई हरे रंग का पाउडर छोटी-छोटी प्लास्टिक में पैक हो रहा था। रौशनी के लिए वहाँ एक छोटी-सी आग की भट्टी जल रही थी कि तभी वो टोपी वाला लम्बा आदमी अपने साथियों के साथ उस लाश को लेकर वहाँ पहुँचा। उसे देख सब रुक गये। उस टोपी वाले आदमी ने उस लाश के पाँव से रस्सी खोली और उसकी दोनों टाँगे खोलकर, उसके बदन के अंदर हाथ डालकर उसके अंदर के सभी अंग बाहर खींच लिये और भट्टी में डाल दिये। मानो वो उस लाश के बदन को अंदर से ख़ाली कर रहा था। उसके बाद उसने उस लाश के अंदर वहाँ पड़े हरे रंग के पदार्थ वाले पैकेट डालने शुरू कर दिये, जब तक वो भर नहीं गयी। और फिर किसी सर्जन की तरह उस बॉडी को फिर से सिल दिया, और अगले ही पल उसके दोनों साथी उस बॉडी को एक वैन में रखकर रवाना हो गये।

कुछ समय बाद वो वैन बॉर्डर की तरफ़ हाईवे पर दौड़ रही थी। बॉर्डर की चेक पोस्ट पर पुलिस ने वैन को रोक लिया और जब पीछे का दरवाज़ा खोला गया तो वहाँ एक बुर्के वाली औरत उस लाश के साथ बैठी रो रही थी। उसने

उस लाश का डेथ सर्टिफ़िकेट पुलिस कर्मी को दिखाया और वो वैन बॉर्डर क्रॉस कर गयी। अफीम की स्मगलिंग करने का ये एक अनोखा तरीक़ा था। रामपुर के जंगलों में मुजरिम बड़ी होशियारी से पुलिस और प्रशासन की नाक के नीचे ये खेल खेल रहे थे।

ये खेल कुछ सालों से इस जंगल में चल रहा था और इस खेल में कई रहस्मय खिलाड़ी शामिल थे। बेशक रामपुर के जंगल मीलों तक फैले हुए थे। कुछ आदिवासी गाँव थे आसपास और इन जंगलों में चमकती थी एक विशाल वर्धमान हवेली। वर्धमान हवेली तक़रीबन ५०० साल पुरानी है। इतिहास की किताबें बताती हैं कि इसे एक मुग़ल वंश के शहज़ादे ने अपनी प्रेमिका के लिए बनवाया था। वक़्त बीता मुग़ल वंश समाप्त हो गया। फिर अंग्रेज़ों का इस हवेली पर क़ब्ज़ा हुआ और अंग्रेज़ों के जाने के बाद, देश के एक बड़े उद्योगपति रामकिशन वर्धमान ने इसे अंग्रेज़ों से ख़रीद लिया और आज रामकिशन वर्धमान के वंशज सुरेश वर्धमान इस हवेली के मालिक हैं। सुरेश वर्धमान वैसे तो अपने परिवार के साथ लन्दन में रहते हैं। बिज़नेस के सिलसिले में उनका भारत आना-जाना लगा रहता है। पर ये वर्धमान हवेली उनके लिए अब बोझ बन गयी है। एक तो लन्दन में बैठकर इसके रखरखाव में काफ़ी मुश्किलें आ रही हैं। दूसरा आये दिन सरकार की तरफ़ से इस हवेली को धरोहर संपत्ति [हेरिटेज़ प्रॉपर्टी] घोषित करने का प्रस्ताव उन्हें परेशान किये हुए है। लिहाज़ा सुरेश वर्धमान कई सालों से इस हवेली को बेचने की सोच रहे हैं। पर इस हवेली में और उसके आसपास आये दिन कुछ न कुछ ऐसा हो जाता है कि उनके लिए इस हवेली को बेचना मुश्किल हो रहा था।

अभी पिछले साल की तो बात है। हवेली में शमा अपने बॉयफ्रेंड के साथ रहने आयी थी। शमा का बॉयफ्रेंड राहुल इस हवेली को बतौर तोहफ़ा उसे देना चाहता था। उस रात ज़ोरों की बरसात हो रही था और हवेली के बड़े से हॉल में शमा और राहुल प्रेम लीला में लीन थे। एक बड़े से कमरे में शमा के हँसने की आवाज़ें आ रहीं थीं। खिड़की के पास ही राहुल ने शमा के काँधे जकड़ रखे थे। वो शमा की ड्रेस उसकी पीठ से नीचे खिसकाकर उन्हें बेतहाशा चूमे जा रहा था और शमा वहाँ बाहर से बरस रही बरसात की धीमी-धीमी बूँदों का आनंद सामने से ले रही थी। राहुल उसे ये आनंद पीछे से दे रहा था। देखते-देखते राहुल ने शमा की ड्रेस खींचकर नीचे उतार दी। अब उसका निर्वस्त्र बदन उसकी आग़ोश

में था। शमा ने भी अब ख़ुद को राहुल के सुपुर्द कर दिया था। वो अपना हाथ बढ़ाकर राहुल के सर को पकड़कर अपनी गर्दन पर दबाये हुए थी। राहुल ने भी हाथ बढ़ाकर शमा के वक्षों को अपनी हथेलियों से अपनी और दबाना शुरू कर दिया। शमा समझ चुकी थी कि राहुल उसके पीछे से आनंद लेना चाहता है। लिहाज़ा उसने झुक कर उसे इस बात की इजाज़त दे दी कि अचानक उनके पीछे से एक हरे रंग का धुआँ उभरने लगा। दोनों प्रेमी प्रेम-कीड़ा में लीन इस बादल रूपी हरे रंग के धुएँ से अनजान थे। प्रेम अब धीरे-धीरे शमा के भीतर समाने लगा था। शमा भी आँख बंद किये इस क्रिया का आनंद ले रही थी कि अचानक शमा को ना जाने क्या हुआ उसने अपनी आँखें खोलीं मानो उसका मिज़ाज बदल गया हो पर उसकी आँखों में अब प्यार की जगह क्रोध था। उसकी आँखें हरी थीं और उसने एक ही झटके में राहुल को उसी स्थिति में पीछे दीवार की तरफ़ धकेल दिया और ज़ोर-ज़ोर से उसकी कमर पर अपनी कमर से धक्का देने लगी। पहले तो राहुल को शमा की इस उत्तेजना से आनंद आ रहा था। परन्तु कुछ पल बाद उसे दर्द होने लगा। वो यही कहे जा रहा था-

"शमा मुझे दर्द हो रहा है, रुक जाओ.." पर शमा अपने मुँह से एक अजीब-सी आवाज़ निकालकर उसे धकेले जा रही थी मानो राहुल के संग आक्रामक संभोग कर रही हो। राहुल चिल्लाता रहा पर वो तब तक नहीं रुकी, जब तक राहुल निढाल होकर गिर नहीं गया। उसके गुप्त अंग से एक ख़ून की धारा बह चली थी। वो दर्द में कराहता हुआ यही कहे जा रहा था-

"क्यों कर रही हो शमा तुम... क्यों?" पर उसके बाद जो हुआ, राहुल के लिए वो उसकी ज़िन्दगी का आख़िरी नज़ारा था। उसने देखा कि उसकी टाँगे बीच में से चीरी जा रहीं थीं। दो मज़बूत हाथ उसकी टाँगों को पकड़कर दोनों तरफ़ खींच रहे थे और एक आख़िरी चीख़ के साथ राहुल ने दम तोड़ दिया और फिर वही हरा धुआँ राहुल की लाश पर छा गया।

पिछले कई सालों से हवेली के आसपास ऐसी कई घटनाएँ घट रही थीं। कुछ लाशें पायी जाती रही थीं और कुछ लापता हो जाती थीं, परन्तु आज तक पुलिस के हाथ न तो कोई असली मुजरिम लगा न ही वो इन मौतों का कारण जान पायी थी। बस एक ही तर्क होता है उनका कि हवेली के आसपास के सुनसान इलाक़े का फ़ायदा उठाकर मुजरिम अपने जुर्म को अंजाम देकर भाग जाते हैं। आसपास के कुछ स्थानीय लोग तो इस हवेली को प्रशासन के हवाले

करने की माँग कर रहे थे। जिससे वहाँ कम से कम एक पुलिस चौकी तो बन सके। इसीलिए भी सुरेश वर्धमान इस हवेली को जल्द से जल्द बेच देना चाहते थे।

अगर एक तरफ़ वर्धमान साहब हवेली बेचने को तैयार थे तो दूसरी तरफ़ उसे ख़रीदने का सपना भी कई लोग देख रहे थे। कुछ उस हवेली के साथ जुड़ी अफ़वाहों से डर जाते तो कुछ क़ीमत सुनकर पीछे हट जाते। पर एक शख़्स था जो इनमें से किसी भी बात की परवाह किये बिना ये वर्धमान हवेली ख़रीदना चाहता था, 'विक्रम रस्तोगी, उर्फ़ विक्की'। विक्की एक ऐसा बिज़नस मैन है, जिसने एक बिसनेस में अपना सबकुछ लुटा दिया था। बस उसे अब उम्मीद थी कि अगर उसे कोई बचा सकता है तो वो है वर्धमान हवेली। वो वर्धमान हवेली को ख़रीदकर उसे एक होटल में तब्दील करना चाहता था ताकि उसके सारे पुराने पाप धुल सकें। पर उस हवेली को ख़रीदने के लिए उसे किसी बड़े पार्टनर की तलाश थी या यूँ कहें एक बकरे की, जो उसके कहने पर इतनी बड़ी इन्वेस्टमेंट कर सके। और उसके रेडार में आया उसका पुराना दोस्त, 'अभीर ठकराल'! ठकराल इंडस्ट्रीज का इकलौता मालिक।

अभीर ठकराल विक्की के कहने पर आँख बंद करके छोटी मोटी इन्वेस्टमेंट्स कर देता था और नुक़्सान होने पर पूछता भी नहीं था। पर इस बार इन्वेस्टमेंट बड़ी थी इसीलिए खेल भी बढ़ा होना था। लिहाज़ा इस खेल में दाँव पर लगाने के लिए विक्की ने चुना अपनी ख़ूबसूरत बहन को, 'कमोलिका'।

कमोलिका रस्तोगी, विक्रम रस्तोगी की छोटी बहन जो उससे एक साल छोटी थी। कमोलिका हाल ही में ऑस्ट्रेलिया से बिज़नेस मैनेजमेंट का कोर्स करके लौटी थी। गोरा रंग, छरहरा बदन, लम्बे बाल। इतनी आकर्षक कि कोई भी उसे देख ले तो उसकी नज़र न हटे उससे और ये बात उसका भाई विक्की जानता था। लिहाज़ा उसने मन ही मन ठान लिया कि वो कमोलिका की शादी किसी भी तरह अभीर से करवा देगा। पर जब ये बात उसने कमोलिका को बतायी तो वो थोड़ा हिचकिचाई, "दिस इस नॉट पॉसिबल विक्की! तुम अभीर ठकराल की बात कर रहे हो.. इतना बढ़ा उद्योगपति, भला मेरी तरफ़ क्यों देखेगा? और फिर मैं उसे जानती तक नहीं, ना कभी मिली हूँ!" इतना सुनते ही विक्की ने उसके होंठों पर अपनी उँगली रखते हुए कहा-

"इतनी ख़ूबसूरत बहन है मेरी, अगर मेनका ऋषि विश्वामित्र की तपस्या

भंग करने में कामयाब हो सकती है तो, तुम्हारे लिए तो अभीर ठकराल मामूली शय है। आज रात अभीर के जन्मदिन की पार्टी है। ज़ाहिर सी बात है वहाँ बहुत सी ख़ूबसूरत लड़कियाँ होंगी, जो ख़ुद को अभीर ठकराल की ज़िन्दगी से जोड़ना चाहती हैं पर आज रात की बाज़ी तुम्हें मारनी है। इतनी हॉट बनके जाना कि अभीर मुझसे सामने से आ कर तुम्हारा हाथ माँग ले।"

कमोलिका को विक्की की इन बातों में किसी ज़बरदस्त सौदे की बू आ रही थी। उसने विक्की का हाथ झटकते हुए कहा-

"विक्की मैं तुम्हारे साथ पार्टी में ज़रूर चलूँगी पर नुमाइश बनकर नहीं। हाँ मुझे कोई ऐतराज़ नहीं कि मैं अभीर की पत्नी बनूँ! पर उसे अपना जिस्म दिखाकर, रिझाकर नहीं!" इतना सुनते ही विक्की ने कमोलिका की बाज़ू ज़ोर से कस दी। उसकी जकड़न में कमोलिका विक्की के ग़ुस्से को महसूस कर पा रही थी। विक्की ने अपने दाँत भींचते हुए कहा-

"तुम्हें आज की पार्टी में, हर हाल में ये लड़ाई जीतनी है समझी.." कमोलिका की बाज़ू में दर्द होने लगा था, जिससे उसके आँसू निकल आये। विक्की ने ये महसूस करते हुए उसका हाथ छोड़ दिया और सर पकड़कर बेचारा-सा बनकर कहने लगा- "हर तरफ़ से नुक़्सान हो रहा है कमोलिका, कहीं से बचाव का कोई रास्ता नहीं दिख रहा, बस यही सोचकर मैं तुमसे रिक्वेस्ट कर रहा था कि अगर तुम्हारी शादी अभीर से हो गयी तो इस रिश्ते के रहते मैं उसका पार्टनर बन जाऊँगा और फिर किसी तरह अपने बिज़नेस को भी ट्रैक पर ले आऊँगा। मैं तुम्हें कोई सौदा करने को नहीं कह रहा कमोलिका। आज नहीं तो कल तुम्हारी शादी किसी न किसी से तो होनी है, तो फिर अभीर से क्यों नहीं!" कमोलिका ने देखा कि विक्की की बात में तर्क था।

"ठीक है मैं अपनी तरफ़ से पूरी कोशिश करूँगी पर अपनी सीमा नहीं लाँघूँगी!" कहते हुए वो अपने कमरे में चली गयी। कमरे में आते ही उसने अपने मोबाइल में अभीर का प्रोफ़ाइल देखना शुरू कर दिया। उसका प्रोफ़ाइल देख कर वो दंग रह गयी। कहीं बंजी जम्पिंग तो कहीं राफ़्टिंग, कहीं ट्रैकिंग तो कहीं जंगल में शिकार करते हुए उसकी कई तस्वीरें थीं। काफ़ी एडवेंचरस था अभीर। ६ फ़ीट लम्बा क़द, सुडौल शरीर। सही कहा था विक्की ने, पैसा और ख़ूबसूरती, ये कॉम्बिनेशन बहुत कम देखने को मिलता है। अभीर के इस प्रोफ़ाइल को देखकर कमोलिका ने मन बना लिया था कि वो विक्की को हासिल करने की दौड़ में भाग

लेगी। मन ही मन मुस्कुरा दी और उसने अपनी अल्मारी खोलकर ड्रेस छाँटनी शुरू कर दी जो वो आज रात पार्टी में पहनकर जाने वाली थी और उसके हाथ में आया एक लाल रंग का गाउन।

उधर आज अभीर के जन्मदिन के अवसर पर ५ सितारा होटल के बॉलरूम में एक आलीशान पार्टी का आयोजन किया गया था। कई बड़े-बड़े उद्योगपति, राजनेता इस पार्टी में शरीक थे और ख़ास कर ख़ूबसूरत लड़कियाँ जिन्होंने अभीर को घेर रखा था। क्यों न हो शहर का मोस्ट वांटेड बैचलर था अभीर। हर लड़की पार्टी में अंग प्रदर्शन की चलती फिरती दुकान लग रही थी। हर कोई बस अभीर को अपनी ओर आकर्षित करने में लगी थी और अभीर! वो तो जैसे कान्हा बना गोपियों के बीच घिरा अपनी तस्वीरें उतरवा रहा था। और तभी विक्की के साथ कमोलिका का प्रवेश हुआ। उसने एक लाल रंग का गाउन पहन रखा था। जो उसने ख़ास कर अभीर की पार्टी के लिए ही चुना था। एक डिज़ाइनर गाउन था वो। काँधे से सरकता हुआ उसके रूप की व्याख्या कर रहा था। सर पे जूड़ा बनाकर बाल बाँधे हुए थे उसने। कुछ लटें बेपरवाही से उसके कानों के पास लटक रहीं थीं। ग़ज़ब की लग रही थी कमोलिका। पर कमोलिका पार्टी का ये नज़ारा देखकर दंग रह गयी। उसका दिमाग़ चकराने लगा। अरे बापरे इतनी सारी ख़ूबसूरत लड़कियाँ, एक से बढ़कर एक मॉडल जैसी लग रही थीं। कमोलिका समझ गयी कि उसकी यहाँ दाल नहीं गलने वाली और उसने लड़ने से पहले ही हार मान ली और ये बात विक्की भांप गया था जब कमोलिका ने उससे कहा-

"विक्की आई थिंक मुझे यहाँ नहीं आना चाहिए था, देयर इस नो यूज़.." विक्की ने कमोलिका की बाज़ू कसकर पकड़ ली कि कहीं कमोलिका भाग न जाये और उसे पकड़कर उस तरफ़ ले गया जहाँ अभीर लड़कियों के साथ तस्वीरें खिचवा रहा था। विक्की को देखते ही अभीर सबको छोड़कर विक्की के गले से लिपट गया।

"माय ब्रदर विक्की ... क्या बे साले घर का होकर सबसे लेट आया है।" कहते हुए उसने विक्की के काँधे पर हल्के से मुक्का मार दिया। कमोलिका ने देखा कि विक्की काफ़ी क्लोज़ था अभीर के। तभी विक्की ने कमोलिका का परिचय करवाते हुए कहा-

"अभीर ये मेरी बहन कमोलिका.. कुछ दिन पहले ही ऑस्ट्रेलिया से अपनी

स्टडीज़ पूरी करके आयी है।"

"हाँ यस-यस, तुमने ज़िक्र किया था कि तुम्हारी एक छोटी बहन है.. पर ये तो ख़ासी बड़ी है.." चुटकी लेते हुए अभीर अपनी ही बात पर हँस दिया। कमोलिका ने देखा कि अभीर का सेन्स ऑफ़ ह्यूमर भी काफ़ी अच्छा है। कमोलिका ने भी शिष्टाचार का परिचय देते हुए अभीर को विश कर दिया-

"हैप्पी बर्थडे टू यू अभीर.." अभीर ने भी विनम्रता से जवाब देते हुए कहा, "थैंक्स"। अचानक अभीर के मैनेजर ने उसके कान में आकर कुछ कहा। अभीर ने विक्की और कमोलिका से माफ़ी माँगते हुए कहा-

"एक्स्क्युसमी, मैं अभी आया.. प्लीज़ एन्जॉय दा पार्टी" कहता हुआ निकल गया। कमोलिका ने हैरानी से विक्की को देखते हुए कहा-

"उसने तो ठीक से बात भी नहीं की मुझसे और तुम कह रहे थे.." विक्की ने कमोलिका की बात काटते हुए कहा-

"बिज़ी आदमी है, एक बार फ्री हो जाये फिर तुम्हारी बात करवाऊँगा। तुम तब तक कोई ड्रिंक लो.. सामने ही बार है.. मैं तब तक कुछ मेहमानों से मिल लेता हूँ।" कहते हुए विक्की भी कमोलिका को अकेला छोड़कर चला गया।

कमोलिका के चहरे पर एक निराशा थी पर उसके पास कोई और विकल्प नहीं था। वो इस पार्टी में किसी और को जानती भी तो नहीं थी। लिहाज़ा उसने बार के पास जाकर एक ड्रिंक लेना ही उचित समझा और इधर विक्की जो वेटर से ड्रिंक का गिलास लेकर अभीर को ही देखे जा रहा था जो लोकल एम.एल.ए. त्रिपाठी जी के साथ खड़ा बतिया रहा था, जो शायद अपनी बेटी के साथ उसकी बातचीत करवा रहे थे। विक्की ने देखा ऐसे कई नेता और उद्योगपति क़तार में लगे थे जो ऐसे ही मौक़े के इंतज़ार में थे। विक्की ने मन में ठान लिया था कि वो आज अपनी बहन कमोलिका और अभीर को एक करके ही जायेगा, चाहे उसके लिए उसे कुछ भी क्यों न करना पड़े। और फिर उसे वो शख़्स दिखा जिसका उसे बेसब्री से इंतज़ार था। सुरेश वर्धमान, वर्धमान इंडस्ट्रीज का मालिक और वर्धमान हवेली का भी। उम्र लगभग ५५ के आसपास की रही होगी। गोरा रंग और चेहरे पर हल्की रोबीली सफ़ेद दाढ़ी। सूटेड-बूटेड, पहनावे से लग रहा था कि काफ़ी अमीर है वो। विक्की ने मौक़ा पाते ही वर्धमान के क़रीब जाकर, अपना हाथ बढ़ाकर अपना परिचय दे डाला और ये भी कि वो उनकी वर्धमान हवेली ख़रीदने में इच्छुक है। वर्धमान ने मुस्कुराते हुए कहा-

"बहुत ऊँचे दाम हैं उस हवेली के, तुम्हें देखकर लगता नहीं है कि उसे

ख़रीदने की तुम्हारी हैसियत है। मैं तो ये पेशकश अभीर ठकराल के लिए लेकर आया हूँ।" "फिर आप सही जगह पर आये हैं। मैं अभीर ठकराल का पार्टनर हूँ" ये छोटा-सा झूठ विक्की ने वर्धमान को बोल दिया था क्योंकि उसे यक़ीन था कि जो खेल वो खेलने जा रहा था उसमें उसकी जीत निश्चित है, या यूँ कहें कि हारने की गुंजाइश नहीं। वर्धमान ने आँख सिकोड़ते हुए विक्की से पूछ लिया, "अगर अभीर साहब ये बात मुझसे कह दें तो मैं ये सौदा अभी डन कर दूँगा, आप एडवांस मेरे मैनेजर को पहुँचा देना।" "सौदा डन ही समझिये। बात ये है वर्धमान साहब, मेरी बहन की शादी अभीर ठकराल के साथ होने वाली है, बस आपके रहते ही अनाउंसमेंट हो जायेगी, बस समझ लीजिये मैं ये हवेली अपनी बहन और होने वाले बहनोई को एक गिफ़्ट के तौर पर देना चाहता हूँ।"

उसने कमोलिका की तरफ़ इशारा करते हुए कहा जो दूर बार काउंटर पर अकेली बैठकर शराब पी रही थी।

विक्की ये झूठ इतने आत्मविश्वास से कह गया था कि उसका झूठ भी सच लग रहा था। वर्धमान के चहरे पर अभी भी प्रश्न चिन्ह उभर रहे थे, क्योंकि उसने देखा कि अभीर तो कई लड़कियों के संग घिरा हुआ है और उसका ध्यान तो कमोलिका की तरफ़ है ही नहीं! उसका दिल तो कह रहा था कि विक्की सच बोल रहा है पर दिमाग़ नहीं मान रहा था।

"ठीक है अगर अभीर ठकराल ने आज अपनी शादी की अनाउंसमेंट आपकी बहन के साथ कर दी तो वर्धमान हवेली आपकी।" कहते हुए वो बाक़ी के मेहमानों से मिलने चला गया। विक्की ने अपनी चाल अपने दिमाग़ में तो चल दी थी बस अब बारी थी उसे अमल में लाने की।

पार्टी अब धीरे-धीरे अपने शबाब पर आ रही थी। संगीत की ध्वनि तेज़ हो रही थी और उस धुन पर मस्त होते पार्टी के लोग। विक्की ने अपने गिलास से सिप लेते हुए देखा दूर बार काउंटर पर कमोलिका अकेली बैठकर धीरे-धीरे अपनी ड्रिंक के सिप लिये जा रही है। संगीत की ताल पर अपने काँधे धीरे-धीरे हिलाते हुए, वो यही सोचे जा रही थी कि शायद उसने इस पार्टी में आकर ग़लती कर दी। इतना ख़ूबसूरत गाउन उसने अभीर के लिए ही तो पहना था। जिसमें अभीर उसकी ख़ूबसूरती का दीदार खुलकर कर सके पर अभीर ने तो उसे नज़र भर के भी नहीं देखा। इसी ग़म में वो एक के बाद एक टकीला शॉट्स लिये जा रही थी। उसे अब चढ़ने लगी थी। उसके पाँव से निकलकर उसके जूते गिर गये थे। विक्की दूर खड़ा ये देख रहा था। वो जानता था कि कमोलिका अपनी सुध खो चुकी है।

लिहाज़ा वो धीरे से उसके पास गया।

"होप यू आर कम्फ़र्टेबल बहना?" कमोलिका ने नशीली हंसी बिखेरते हुए कहा-

"विक्की तुम बेकार में मुझे इस पार्टी में ले आये। देखो कितनी सेक्सी ड्रेस पहनकर आयी थी मैं और तुम्हारे दोस्त ने तो मुझे एक बार भी नहीं देखा।" विक्की ने मुस्कुराते हुए कमोलिका का गिलास फिर से भरते हुए कहा-

"ये बात तुम ख़ुद क्यों नहीं उससे कहती?" कमोलिका- "कह दूँगी, मैं डरती थोड़े न हूँ ...आने दो सामने।" कहते हुए उसने अगला गिलास गटक लिया। अभीर बस मुस्कुराकर उसकी बातें सुने जा रहा था। कमोलिका अब धीरे-धीरे अपने होश खो रही थी। उसे चक्कर आने लगे थे, पर वो ख़ुद को सँभाले हुए थी। विक्की ने देखा अभीर के आसपास अब मेहमानों की भीड़ कम हो गयी है। मौक़ा अच्छा था। लिहाज़ा वो कमोलिका को वहीं छोड़कर निकल गया।

विक्की ने अभीर के पास जा कर अपना अगला दाँव खेल डाला। जब अभीर ने विक्की से कमोलिका के बारे में पूछा-

"विक्की तुम्हारी बहन कमोलिका कहाँ है?"

विक्की- "भाई वो मुझसे और तुझसे दोनों से नाराज़ है.."

अभीर- "क्यों?"

विक्की- "कहती है कि जिसकी पार्टी में आयी है, उसे तो बात करने की भी फ़ुर्सत नहीं है।"

अभीर- "आई एम रियली सॉरी, कहाँ है वो?"

विक्की- " वो देखो बेचारी अकेली बार पर बैठ कर पिये जा रही है।"

अभीर- "ओके तुम ज़रा मेहमानों का ख़याल रखो, मैं उससे मिलकर आता हूँ।" कहते हुए अभीर के क़दम बार की ओर बढ़ चले। विक्की की ये अगली चाल थी।

बार के पास पहुँचकर अभीर कमोलिका की ख़ूबसूरती देखकर दंग रह गया। उसने कमोलिका को अब धयान से देखा था। गोरी पीठ पर लटकती उसकी सुनहरी लटें। अभीर तो एक पल के लिए सबकुछ भूल गया। वो कमोलिका को आवाज़ देने को ही था कि कमोलिका को उल्टी आ गयी और उसने सब कुछ अभीर की ड्रेस पर उड़ेल दिया। वो गिरने को थी कि अभीर ने उसे अपनी बाँहों में थाम लिया।

कमोलिका इतनी ज़ोर से गिरी कि उसके हाथ में अभीर की शर्ट आ गयी और वो फट गयी। अब कमोलिका पूरी की पूरी अभीर की बाँहों में थी। अभीर को एक पल के लिए समझ नहीं आया कि इस स्थिति में वो क्या करे। तभी बार टेंडर ने मदद का हाथ बढ़ाते हुए कहा-

"सर मैं किसी को बुलाता हूँ"

अभीर- "नहीं तुम अपना काम करो, मैं मैनेज कर लूँगा और ये बात किसी से मत कहना, मैं इन्हें कमरे में सुलाकर आता हूँ।" कहते हुए उसने कमोलिका को बाँहों में उठा लिया और बार के पीछे से सबकी नज़रें बचाकर निकल गया। पर नहीं बच पाया तो विक्की की नज़रों से, जिसके प्लान का अगला क़दम था।

अभीर कमोलिका को उठाकर होटल के कॉरिडोर में चल रहा था। पार्टी के संगीत का शोर धीरे-धीरे धूमिल होता जा रहा था। अभीर के हाथों में कमोलिका का नर्म मुलायम बदन था। एक अजीब-सी गर्माहट वो महसूस कर रहा था जो धीरे-धीरे उसे उत्तेजित कर रही थी। एक रूम के आगे जाकर उसने बेहोश कमोलिका को दीवार का सहारा देकर अपनी जेब से कमरे की इलैक्ट्रोनिक चाभी निकालकर दरवाज़ा खोला और फिर से उसे सहारा देकर अंदर ले आया। एक आलीशान सुईट था अभीर का। उसने कमोलिका को प्यार से बिस्तर पर लिटा दिया। उसने पाया कि कमोलिका की ड्रेस उसका साथ छोड़ चुकी थी। कमोलिका का दमकता रूप अभीर को अपना परिचय दे रहा था। अभीर अपना आपा खोने लगा था। उसका दिल कर रहा था कि एक बार वो कमोलिका को छू ले। पर ये ग़लत हो जाता। उसने ख़ुद को सँभाला और अपनी शर्ट उतार कर अलमारी से दूसरी शर्ट निकालने लगा कि अचानक कमोलिका की आवाज़ ने उसे चौंका दिया। उसने मुड़कर देखा के कमोलिका को होश आ गया है। वो लड़खड़ा रही थी और बाहर जाना चाहती थी पर अभीर ने उसे थाम लिया।

"रुको कमोलिका, तुम्हारी तबियत ठीक नहीं है.." कहते हुए उसने जैसे ही कमोलिका को थामना चाहा, वो उसकी बाँहों में झूल गयी। अभीर कमोलिका को अपनी बाँहों में भरकर एक टक उसे देखे जा रहा था पर कमोलिका डर गयी। उसे लगा शायद अभीर उसके नशे में होने का फ़ायदा उठाना चाहता है। आनन फानन में उसने अपने गाउन को समेटते हुए कहा-

"तभी मुझे यहाँ अकेले कमरे में ले आये हो?"

अभीर- "नो.. नॉट एट आल, तुम मझे ग़लत समझ रही हो। देखो अपनी

ड्रेस सँभालो।" उसने देखा कि कमोलिका हाथ उठाकर जब बात कर रही थी तो उसकी ड्रेस उसके बदन का साथ छोड़ रही थी। पर कमोलिका को उसकी रत्ती भर भी परवाह नहीं थी। इतनी चढ़ी हुई थी उसे।

कमोलिका- "ड्रेस? ड्रेस? मेरी ड्रेस पर तुम्हारा ध्यान अब जा रहा है, जब मुझे चढ़ गयी है। जानते हो मैंने ये ड्रेस किसके लिए पहनी.. तुम्हारे लिए.. सिर्फ़ तुम्हारे लिए.. जब से भाई ने तुम्हारे बारे में बताया मैं बस रात भर तुम्हारा प्रोफ़ाइल देखती रही.. यही सोचती रही कि तुम्हें कौन-सा रंग पसंद है.. फिर पाया तुम ज़्यादातर लाल रंग का इस्तेमाल करते हो। देखो लाल रंग पहना मैंने तुम्हारे लिए.. देखो.."

अपनी ड्रेस को आगे खींचकर दिखाये जा रही थी और अभीर देख रहा था कि इस प्रक्रिया में कमोलिका का पूरा सौन्दर्य उसे दिखायी दे रहा था। क्या बनावट थी कमोलिका के बदन की। परन्तु शिष्टाचार के रहते वो कमोलिका से अपनी नज़रें चुरा रहा था कि कमोलिका ने आगे बढ़कर उसका चेहरा पकड़ लिया-

"मुँह क्यों नीचे कर रहे हो? देखो न.. तुम्हारे लिए ही सजी थी और तुमने एक नज़र भी मुझे नहीं देखा.." कहते हुए रो पड़ी। बस कमोलिका की यही मासूमियत अभीर को भा गयी। उसकी आँखों में कमोलिका के लिए प्यार साफ़ छलक रहा था। वो खड़ा होकर कमोलिका को सांत्वना देना चाहता था।

"ओके! ओके! कमोलिका.. अब तो तुम्हें जी भर के देख लिया.. बहुत सुंदर हो तुम.. सच्ची।" वो अभी अपनी बात पूरी कर ही नहीं पाया थे कि उसने देखा कि कमोलिका लड़खड़ा कर गिरने को थी। अभीर ने फुर्ती दिखाते हुए उसकी पीठ पर हाथ रखकर उसे थाम लिया। कमोलिका सिहर उठी अब वो अभीर के एक दम नज़दीक थी। इतनी कि अब उन दोनों की साँसें एक-दूसरे को अपना परिचय दे रही थीं। दोनों ही अपनी सुधबुध गँवा चुके थे। भूल गये थे कि बाहर हॉल में मेहमान हैं जहाँ पार्टी चल रही है कि अचानक विक्की की दस्तक ने उन दोनों को चौंका दिया।

विक्की- "ये क्या हो रहा है अभीर? तुम मेरी बहन के नशे में होने का फ़ायदा उठा रहे हो?" कहते हुए उसने कमोलिका की ड्रेस उसके काँधों पर चढ़ा दी। अभीर शायद इस सरप्राइज़ के लिए तैयार नहीं था।

"नहीं विक्की तुम मुझे ग़लत समझ रहे हो मैं तो ...."

विक्की- "अपनी आँखों से देखा है, जो तुम मेरी मासूम बहन के साथ करने जा रहे थे। छी.. शर्म आती है तुम्हें दोस्त कहते हुए।"

अभीर- "मेरी बात सुनो .. विक्की .. मैं.."

विक्की- "मैं क्या अभीर? तुम तो ऐसे कह रहे हो जैसे प्यार करते हो मेरी बहन से? शादी करना चाहते हो?" अभीर नहीं समझ पाया कि विक्की के ये शब्द उसकी चाल का हिस्सा थे। उसे लगा जैसे उसके दिल की ज़ुबान विक्की अनजाने में बोल गया और फिर विक्की की इस चाल पर कामयाबी की मोहर लगाते हुए अभीर ने कह दिया-

"हाँ विक्की मैं तुम्हरी बहन को चाहने लगा हूँ, शादी करना चाहता हूँ.."

विक्की- "जाने दो तुम इस वक़्त सिर्फ़ अपनी इज़्ज़त बचाने के लिए कह रहे हो.."

अभीर- "नहीं विक्की मैं सच में तुम्हारी बहन से शादी करना चाहता हूँ।" कहते हुए वो कमोलिका की तरफ़ बढ़ गया.. उसकी नशे से बंद हो रही आँखों में आँखें डाल कर बोला-

"विल यू मैरी मी कमोलिका?" अभीर के मुँह से इतना सुनकर कमोलिका के तो जैसे होश लौट आये। उसे यक़ीन ही नहीं हो रहा था कि वो इन्सान, जिसके बारे में उसने एक रात पहले ही सपने देखने शुरू किये थे, वो उसके सामने घुटनों के बल बैठकर उससे उसका हाथ माँग रहा था। कमोलिका ने भी रोते हुए 'हाँ' में जवाब दिया और अभीर के गले लग गयी। विक्की भी मुस्कुरा दिया क्योंकि उसकी ये चाल भी कामयाब हो गयी थी।

कुछ देर बाद पार्टी में इस बात की अनाउंसमेंट हो गयी कि अभीर कमोलिका से शादी कर रहा है। बेशक कई लड़कियों के दिल टूट गये, पर वर्धमान ने विक्की के साथ वर्धमान हवेली का सौदा कर लिया और विक्की के प्रपोज़ल पर अभीर ने उसके साथ पार्टनरशिप।

विक्की की ये चाल कामयाब हो गयी थी और उसने एक विदेशी कंपनी के साथ मिलकर वर्धमान हवेली पर एक ५ सितारा रिसोर्ट बनाने की योजना तैयार करनी शुरू कर दी। इधर अभीर और कमोलिका की शादी चंद मेहमानों के बीच कोर्ट में हो गयी।

सब कुछ ठीक चल रहा था कि एक दिन सुरेश वर्धमान को हवेली से उसके केयर टेकर 'चौहान' का फ़ोन आया कि हवेली में फिर से एक अनहोनी घटना

घट गयी है। हवेली से कुछ ही दूरी पर दो लाशें और बरामद हुई हैं। अब वर्धमान समझ गया था कि अगर इस समस्या को जल्द से जल्द न सुलझाया गया तो हवेली का सौदा रद्द हो सकता है। लिहाज़ा उसने ठान लिया कि वो हवेली में घट रही हर घटना का अंत कर देगा। पर जब वो हवेली पहुँचा तो सच्चाई जानकर उसके होश उड़ गये। एक ऐसी सच्चाई जो बाहर आ गयी तो उस हवेली को कोई नहीं ख़रीदेगा। वो किसी भी क़ीमत पर विक्की से किया सौदा रद्द नहीं कर सकता था। लिहाज़ा उसने वो किया जिसकी कल्पना किसी को भी नहीं थी। एक ऐसा राज़ जिसे सिर्फ़ वो और उसकी हवेली का केयर टेकर चौहान जानते थे और अब उसका मैनेजर वासु जानने वाला था।

कुछ दिनों बाद NCR से सटे शहर नोएडा में रोज़मर्रा की तरह जगह-जगह ट्रैफ़िक जाम था और उसी ट्रैफ़िक में एक सफ़ेद रंग की मर्सडीज़ फँसी हुई थी। उस कार का ड्राइवर निरंतर हॉर्न बजा रहा था। शायद उसके मालिक को कहीं पहुँचने की जल्दी थी और वो मालिक था सुरेश वर्धमान। जो पिछली सीट पैर बैठा हुआ था। उसके हाथ में एक पीतल का कलश था जिसे उसने बड़े ध्यान से पकड़ा हुआ था। कलश पर मीनाकारी थी और उस पर एक मोटी-सी मौली बँधी हुई थी। वो रह-रहकर अपनी घड़ी देख रहा था मानो वो किसी इम्पोर्टेन्ट मीटिंग के लिए लेट हो रहा हो। ड्राइवर की बग़ल वाली सीट पर उसका एक बाउंसर बैठा हुआ था। वो अपने सर की परेशानी को भांपते हुए कार से उतर गया और जैसे-तैसे उसने ट्रैफ़िक में रास्ता बना लिया और वर्धमान की कार उस ट्रैफ़िक जाम से निकल गयी।

सुबह के ११ बज चुके थे और अगले ५ मिनट में वो कार नोएडा के एक ५ सितारा होटल के आहाते में प्रवेश कर गयी। अगली सीट से बाउंसर ने निकलकर दरवाज़ा खोल दिया और उसमें से वर्धमान बाहर निकलकर आ गया। उसने कोट की जेब से निकालकर अपनी आँख पर काले रंग का चश्मा चढ़ा लिया और पीतल के कलश को दोनों हाथों से सँभालते हुए होटल के दरवाज़े की तरफ़ बढ़ चला। उसकी चाल में एक तेज़ी थी। एक आत्मविश्वास जिसे देख कर कोई भी दरबान झुक कर सलाम कर दे। और ऐसा ही हुआ उसे होटल के अंदर जाने से किसी ने नहीं रोका। वहाँ के लोगों के लिए यह परिचित चेहरा था।

वर्धमान के हाथ में जो पीतल का कलश था उसे वो बहुत सँभाल कर ले जा रहा था। मानो कोई बेशक़ीमती चीज़ हो उसमें।

वर्धमान अपने बाउंसर के साथ लिफ़्ट के पास पहुँचा और लिफ़्ट का बटन दबाते ही चमकती हुई लिफ़्ट का दरवाज़ा खुल गया और वो उसमें प्रवेश कर गया। प्रवेश करते ही बाउंसर ने १५ नंबर का बटन दबा दिया। वर्धमान रह-रहकर उस कलश को देख रहा था मानो सुनिश्चित कर रहा हो कि सब ठीक है।

लिफ़्ट होटल की पंद्रहवीं मंज़िल पर जा कर रुक गयी। घंटी की आवाज़ से लिफ़्ट का दरवाज़ा खुला। सामने एक आलीशान कॉरिडोर बना हुआ था। ज़मीन पर लाल रंग का क़ालीन बिछा हुआ था और दीवारें प्राचीन काल के फ़ोटो फ्रेम से सजी हुई थीं। रूम नंबर १५०३ के आगे जाकर वर्धमान रुक गया। अपने साथ लाये बाउंसर को वहीं रुकने को कहा और कमरे में कलश लेकर प्रवेश कर गया। वर्धमान का बाउंसर वहीं खड़ा होकर वर्धमान के अगले हुकुम का इंतज़ार करने लगा। पर वर्धमान को अंदर गये अब तक़रीबन आधा घंटा हो चुका था। पर न तो वो बाहर आये न ही उनका कोई फ़ोन आया। यह सोच बाउंसर ने दरवाज़े पर नॉक करनी शुरू कर दी-

"सर ....सर....." पर अंदर से कोई आवाज़ नहीं आ रही थी। बाउंसर को अब थोड़ी हैरानी होने लगी। वो अपनी कमर से रिवोल्वर निकालकर दरवाज़ा खोलने की कोशिश करने लगा। परन्तु दरवाज़ा अंदर से बंद था। उसने अपने मज़बूत काँधों से दरवाज़े को धक्का देना शुरू कर दिया कि अचानक उसे वहाँ एक रूम सर्विस वाला लड़का दिखायी दिया। यह बबलू था। उम्र लगभग २४ साल। बबलू उस बाउंसर को देखकर हैरान रह गया कि ये क्या कर रहा है? बाउंसर ने हिचकिचाते हुए कहा-

"भैया मेरे सर अंदर काफ़ी देर से गये हुए हैं.. क्या तुम डुप्लीकेट चाभी से दरवाज़ा सकते हो?"

बबलू- "सॉरी सर हमें ऐसे किसी के कमरे को खोलना अलाउड नहीं है!" इतना सुनकर बाउंसर ने बबलू पर रिवोल्वर तान दी। यह देख बब्लू ने डर के मारे डुप्लीकेट चाभी से दरवाज़ा खोल दिया। जैसे ही बाउंसर और बबलू अंदर आये। यह देखकर हैरान रह गये कि ज़मीन पर ख़ून से लथपथ वर्धमान की लाश पड़ी थी। वर्धमान की दोनों टाँगें बीच में से चिरी हुई थीं, मानो किसी मज़बूत हाथों ने वर्धमान की टाँगों को मज़बूती से पकड़कर उसके शरीर को बीच में से फाड़ दिया हो। ये देख बाउंसर अपनी रिवोल्वर निकालकर हरकत में आ गया। पर उसने जैसे ही बाथरूम का दरवाज़ा खोला उसके होश उड़ गये। बाथरूम में

वासु की लाश पड़ी थी। उसकी भी ऐसी ही दुर्गति से लाश पड़ी थी।

'वासु' जिसकी उम्र लगभग ४५ के आसपास रही होगी, गेहुँआ रंग सर पर हल्के बाल। आँखों पे चश्मा पहनता था वो जो चकनाचूर होकर वाश बेसिन के नीचे पड़ा था। मानो किसी ने उसे मारने से पहले उस चश्मे को कुचल दिया हो। वासु वर्धमान के सभी पैसों का हिसाब-किताब रखता था। बाउंसर वापस कमरे में दौड़कर आया, उसने देखा कि बेड के पास वही पीतल का छोटा-सा कलश खुला हुआ पढ़ा था जो वर्धमान अपने साथ लाया था। बबलू यह देख के डर गया और ख़ून-ख़ून चिल्लाता हुआ कमरे से भाग गया।

देखते-देखते यह ख़बर आग की तरह फैल गयी कि शहर के मशहूर उद्योगपति सुरेश वर्धमान और उनके मैनेजर वासु का किसी ने बेरहमी से क़त्ल कर दिया है।

वर्धमान के क़त्ल की ख़बर टीवी न्यूज़ चैनल की सुर्ख़ियाँ बनते ही स्थानीय पुलिस भी हरकत में आ गयी थी।

इंस्पेक्टर चौधरी अपनी टीम के साथ उस होटल के रूम नंबर १५०३ में पहुँच चुका था। पुलिस टीम ने छानबीन शुरू कर दी थी। परन्तु उन्हें ये समझ नहीं आ रहा था कि वर्धमान और उसके मैनेजर का क़त्ल किसने किया है? क्योंकि वर्धमान और वासु की लाशें बीच में से चिरी हुई थी। यूँ प्रतीत हो रहा था कि दोनों का क़ातिल एक ही है। पर वो कहाँ से आया और कहाँ गया कुछ समझ नहीं आ रहा था किसी को। क्योंकि बाहर जाने का रास्ता सिर्फ़ एक ही था और उस दरवाज़े पर तो वर्धमान का बाउंसर खड़ा पहरा दे रहा था और फिर जिस हाल में दोनों लाशें थीं ये तो तय था कि यह एक आदमी का काम नहीं हो सकता। ऐसे सवालों के जवाब जब पुलिस नहीं खोज पाती तो वो रुख़ करती है डिटेक्टिव 'प्रदीप' का।

डिटेक्टिव प्रदीप, उम्र ३५ के आसपास, गेहुँआ रंग लम्बे बाल। सर पर एक इंग्लिश भूरे रंग की हैट और उसी रंग का लम्बा कोट। सर्दी हो या गर्मी उसकी पोशाक यही रहती थी। उँगली में सिगरेट पकड़ने की आदत है पर उसे कम ही जलाता है। प्रदीप ने कारगिल की लड़ाई में एक अहम भूमिका निभायी थी। वो हिन्दुस्तान आर्मी का जासूस बनकर बॉर्डर के उस पार गया था जहाँ से वो अहम जानकारी लेकर आया था। आज प्रदीप की अपनी प्राइवेट डिटेक्टिव एजेंसी है। वो पुलिस के लिए भी काम करता है और उसने ऐसे कई अनगिनत

केस सुलझाये हैं जिन्हें पुलिस सुलझाने में नाकाम रही थी।

प्रदीप को दुर्घटना स्थल पर पहुँचने में ज़्यादा वक़्त नहीं लगा, वैसे तो उसने होटल पहुँचने से पहले इंस्पेक्टर चौधरी को सूचना दे दी थी वहाँ पड़ी किसी चीज़ को कोई हाथ न लगाये। कमरा नंबर १५०३ में पहुँचकर प्रदीप ने अपनी जाँच शुरू कर दी। उसने पाया कि वर्धमान की लाश कमरे में पड़ी थी और उसके मैनेजर वासु की लाश बाथरूम में और दोनों ही लाशों को बीच में से चीरा गया था। वो हर चीज़ को बारीकी से देखने लगा। यह बात तो प्रदीप को भी समझ आ रही थी के यह क़त्ल किसी आम तरीक़े से नहीं हुआ था। क़ातिल या तो बहुत ताक़तवर है यह फिर एक से ज़्यादा। जो वर्धमान और वासु दोनों पर इतना भारी पढ़ा कि उनको बीच से ही चीर डाला। पर सवाल ये था कि क़ातिल होटल के इस १५ बाई १५ के कमरे में आया कहाँ से और अगर पहले से ही कमरे में मौजूद था तो गया कहाँ? प्रदीप इन बातों को सोचता हुआ इधर उधर देख रहा था कि उसके हाथ लगा वो पीतल का कलश जो वर्धमान लेकर आया था। दस्ताने पहनकर वो कलश का निरीक्षण करने लगा। उसने सूँघकर देखा एक महक सी आ रही थी उस कलश से, जैसे किसी इत्र की ख़ुशबू और कलश के मुँह पर हरे रंग के कुछ निशान से थे मानो कलश में कोई हरे रंग की चीज़ थी। पर क्या? कहाँ गयी वो चीज़? उसे कहीं नहीं दिख रही थी। उसने बेड के नीचे झुक कर देखा तो हैरान रह गया वहाँ एक फ़ाइल पड़ी थी, जो आधी जली हुई थी। प्रदीप ने वो फ़ाइल बाहर निकली और चौधरी को पकड़ायी। चौधरी ने देखा कि उसमें एक लिस्ट है जिसमें वर्धमान द्वारा हाल ही में किये गये सौदों की जानकारी थी। प्रदीप ने चौधरी को फ़ाइल थमाते हुए कहा-

"इसमें जिनके भी नाम हैं, सबसे पूछताछ कीजिये चौधरी साहब.. क़ातिल इन्हीं में से एक है। चौधरी को फ़ाइल थमाकर वो खिड़की की तरफ़ बढ़ चला जहाँ उसने देखा कि खिड़की के कोने पर नीचे की तरफ़ एक बहुत ही छोटा-सा छेद बना हुआ था और वहाँ दो सिगरट के बुझे हुए टुकड़े पड़े हुए थे। उसने वर्धमान की जेब से सिगरेट का पैकेट निकालकर देखा। वो टुकड़े उस पैकेट से मेल खा रहे थे। उसने खिड़की के पास उँगली लगाकर देखा तो उसकी उँगली पर हरे रंग का एक निशान बन गया। वैसा ही जैसा कलश के मुँह पर था। प्रदीप उस वक़्त इस हरे रंग की कड़ी को जोड़ने की कोशिश कर रहा था और चौधरी वो फ़ाइल देख रहा था जिसमें उन लोगों के नाम पते थे जिनके साथ वर्धमान ने

हाल ही में करोड़ों रुपयों की ख़रीद-फरोख़्त की थी। कई बड़ी-बड़ी कम्पनियों और हस्तियों के नाम थे जिनके साथ सौदे हुए थे और उनमें से एक नाम था अभीर ठकराल का।

और इधर आज अभीर और कमोलिका की शादी की पहली रात थी। एक आलीशान रिसोर्ट में एक भव्य कमरा सजाया गया था। चारों तरफ़ गुलाब और मोगरे से सजा हुआ ये कमरा किसी सपनों के यान जैसा दिख रहा था कि अचानक दरवाज़ा धीरे से खुला और अभीर कमोलिका की आँखों पर हाथ रखकर उसे अंदर ले आया। कमोलिका ने एक ख़ूबसूरत लम्बा-सा गाउन पहना हुआ था। बालों में हल्के सुनहरे स्ट्रीक और गले और कानों में हल्के से हीरे के गहने। गहनों की चमक बता रही थी कि काफ़ी बेशक़ीमती गहने थे और अभीर ने वाइट डिज़ाइनर शर्ट और काले रंग की पैंट पहन रखी थी। यूँ लग रहा था जैसे अभी-अभी शेरवानी उतार कर रख दी हो।

"आँखे छोड़ो न मेरी अभीर, देखो गिर जाऊँगी।" कमोलिका ने अपनी आँखों पर अभीर के हाथों को छूते हुए कहा। अभीर ने भी उसके कानों के क़रीब फुस्फुसाते हुए कह दिया, "इतनी भी क्या जल्दी है? मैं चाहता हूँ जब तुम आँख खोलो तो तुम्हें अपने सपनों की वो दुनिया दिखे जिसकी कल्पना तुमने की थी।"

और ऐसा ही हुआ जैसे ही अभीर ने कमोलिका की आँखों से अपने हथेलियाँ हटायीं वो दंग रह गयी। हर दीवार लाल गुलाब और बीच में मोगरे के बारीक काम से सजी थी। मानो किसी ने कमोलिका के सपनों को हैक करके जान लिया था कि कमोलिका की पसंद क्या है। ये देख कमोलिका की आँख भर आयीं। उसने अभीर के गालों को अपने हाथों में लेते हुए पूछा-

"तुम्हें मेरी पसंद का कैसे पता चला?" अभीर ने अपनी शर्ट के ऊपरी बटन खोलते हुए लापरवाही से उत्तर दिया-

"वेल तुम मेरे सोशल मीडिया पर मुझे स्टडी करके जान सकती हो कि मुझे क्या पसंद है तो क्या मैं ये सब नहीं कर सकता?" कमोलिका ने मुस्कुराते हुए कहा-

"सर जी मैं आपकी तरह मशहूर हस्ती नहीं हूँ जो मेरे बारे में सब कुछ सोशल मीडिया में लिखा हो.. हम तो आम लोगों में से हैं.." अभीर ने झट से कमोलिका को अपनी और खींच लिया, इतना नज़दीक कि कमोलिका के सारे सवाल हवा हो गये।

"अब आप आम कहाँ रह गयी हैं मैडमजी, अब आप ख़ास हैं.. एक दम ख़ासम ख़ास। मिसेज अभीर ठकराल।" कहते हुए वो अपने होंठ कमोलिका के होंठों के नज़दीक ले आया। कमोलिका को शायद अभीर की इस तीव्र हरकत की उम्मीद नहीं थी, पर उसने विरोध भी नहीं किया। उसका रोम-रोम उसे अभीर की साँसों को ग्रहन करने के लिए प्रेरित कर रहा था। उसने आँख बंद करके ख़ुद को निढाल-सा छोड़ दिया। वो नहीं जानती थी कि अभीर क्या करना चाहता है पर ये जानती थी कि अभीर अब जो भी करेगा उससे उसे असीम सुख मिलेगा। और ऐसा ही हुआ अभीर ने धीरे से अपनी गर्म साँसों को कमोलिका के होंटों पर फेंकना शुरू कर दिया। इलाइची की ख़ुशबू से भरी अभीर की साँसें कमोलिका के बदन में एक ऊर्जा सी भरने लगी थीं कि अभीर ने आगे बढ़कर कमोलिका के ऊपरी होंट को प्यार से चूम लिया। इस हल्के से चुंबन से कमोलिका के बदन में एक कंपकंपी-सी दौड़ गयी। उसके बाद अभीर ने उसका निचला होंट चूमा। फिर बायाँ गाल और फिर दायाँ। हर एक चुंबन के बाद एक ही बात वो कमोलिका के कानों में फुसफुसाये जा रहा था-

"तुम ख़ास हो, यहाँ से भी ख़ास, यहाँ से भी ख़ास.." उसके होंट अब रफ़्तार पकड़ने लगे थे। गालों से होते हुए कमोलिका के कानों पर फिर गर्दन पर.. और हर चुंबन पर कमोलिका काँपे जा रही थी। उसे आज तक ऐसे अद्भुत कम्पन का एहसास नहीं हुआ था, जो बहुत ही सुखद था। अजीब-सा एहसास हो रहा था कमोलिका को मानो उसका अंग-अंग अभीर के होंटों को पुकारकर कह रहा हो कि अब मेरी बारी.. अब मेरी बारी और अभीर के होंट शायद कमोलिका के अंग की पुकार सुनकर उन तक पहुँच भी रहे थे। ये क़ुदरत का ही करिश्मा है कि बिना कुछ कहे सुने एक ख़ूबसूरत लड़की और लड़के के अंग आपस में बतियाने लगते हैं एक-दूसरे के पूरक बनने के लिए।

अब तो कमोलिका ने भी हिम्मत दिखाकर अपने होंटों का अभीर के होंटों के साथ ताल-मेल बैठा लिया था। दोनों ही अधीर हो रहे थे। अब तो अभीर के हाथ मचलने को उतारू थे। अभीर को पता ही नहीं चला कब उसने हाथ कमोलिका की पीठ पर पहुँच गये और उसकी उँगलियों ने कमोलिका के गाउन का हुक खोल दिया और उसकी ज़िप नीचे खिसका दी और अब अभीर के हाथ कमोलिका की सुंदर पीठ पर थे। पहला स्पर्श! हाँ अभीर के लिए किसी सुंदर युवती के कोमल मुलायम बदन का ये पहला स्पर्श था। अभीर ने कमोलिका की

पीठ को क्या छुआ, उसने पाया कि एक सुर्री-सी उसके बदन में दौड़ गयी। इस आश्चर्यचकित अनुभव का एहसास उसे कभी नहीं हुआ था। वो कमोलिका की पीठ से अपना हाथ नहीं हटाना चाहता था वो इसका और अनुभव लेना चाहता था और यही हाल कमोलिका का भी था। उसे अभीर का मज़बूत हाथ अपनी पीठ पर पाकर एक ऐसा अनुभव हो रहा था जैसा उसने कभी भी नहीं किया था। वो भी चाहती थी कि अभीर ऐसे ही उसे थामे खड़ा रहे। ये कैसा एहसास था, ना कभी किसी ने इनको ऐसा कुछ सिखाया था ना ही ये जानते थे। फिर भी दोनों के बदन एक-दूसरे के लिए वो कर रहे थे जो वो चाहते हैं। इसी को मोहब्बत कहते हैं।

अचानक कमोलिका ने अभीर को बेड पर धक्का दे दिया। दोनों की नज़रें एक-दूसरे से मिली हुई थीं। दोनों अब एक-दूसरे में समा जाना चाहते थे। कमोलिका के होंट अब अभीर की आँखों के पास और उसके वक्ष अभीर के होंटों के सामने थे। कमोलिका के बदन से एक अजीब-सी ख़ुशबू का संचार हो रहा था, जो अभीर की इन्द्रियों को जगा रहा था। उसने आँखों ही आँखों में कमोलिका से इजाज़त माँगते हुए अपना हाथ कमोलिका के वक्षों की तरफ़ बढ़ा दिया। हाँ वो उनका स्पर्श पाना चाहता था और कमोलिका ने भी स्वीकृति देते हुए अपने वक्षों को अभीर की ओर कर दिया। एक आह निकल गयी कमोलिका की,। उसने ख़ुद अपने वक्षों को कितनी बार ही छुआ था पर ऐसा एहसास उसे पहली बार हो रहा था। वो तो बस चाहती थी कि अभीर अब उसके वक्षों को ज़ोर से कस ले। लिहाज़ा उसने अभीर के हाथों को और ज़ोर से दबाना शुरू कर दिया। हाँ दोनों अब समझ गये थे ये क़ुदरत का करिश्मा ही है। ऐसी मोहब्बत करना क़ुदरत ख़ुद सिखाती है। अब दोनों को अपने बदन पर कपड़ों की कोई ज़रूरत महसूस नहीं हो रही थी। न ही कोई शर्म थी। दोनों अब उस मुक़ाम की ओर बढ़ रहे थे जहाँ उन दोनों को असीम सुख प्राप्त होना था। अचानक खिड़कियाँ खुल गयीं ठण्डी हवाएँ लहराकर उन दोनों को अपनी आग़ोश में लेने लगीं। मानो सभी देवी-देवता उनकी इस पवित्र मोहब्बत के साक्षी थे। अभीर और कमोलिका दुनियादारी भुलाकर मस्त थे कि अचानक!... अचानक! दरवाज़े पर एक दस्तक ने उन दोनों को चौंका दिया। एक ही पल में ऐसे लगा कि जितनी भी मोहब्बत की शक्तियाँ थीं उस कमरे में, झटके से ग़ायब हो गयीं। हवाएँ चलनी बंद हो गयीं। दोनों को होश आ गया और शर्म का एहसास भी। ख़ास कर

कमोलिका को। उसने डर के मारे अभीर को ख़ुद से पीछे किया और अपनी ड्रेस उठाकर अंदर के कमरे में भाग गयी। पर जाते-जाते इशारा करके गयी कि देखो कौन है। अभीर की आँखों में एक तरफ़ जहाँ इतनी ख़ूबसूरत पत्नी का प्रेम पाने की चमक थी तो वहीं दूसरी तरफ़ एक हल्की-सी नाराज़गी उस शख़्स के लिए जिसने बीच में आकर सब बिगाड़ दिया था। उसने पाया कि दरवाज़े पर फिर से दस्तक हुई, अभीर ने अपनी शर्ट उठायी और पहन ली। उसके बटन टूट चुके थे पर उसे परवाह नहीं थी क्योंकि वो अपनी पत्नी के संग ही तो था। उसने जैसे ही जाकर दरवाज़ा खोला तो देखा सामने विक्की खड़ा था।

विक्की- "हाय अभीर उम्मीद है एन्जॉय कर रहे हो.." उसने कमरे में झाँकते हुए पूछा। जहाँ उसने देखा कि बिस्तर की चादरों पर काफ़ी सिलवटें पड़ी हैं। एक हल्की-सी शरारत भरी मुस्कराहट उभर आयी उसके चेहरे पर। ये बात अभीर को अच्छी नहीं लगी कि बेशक विक्की उसका दोस्त है पर अपनी ही बहन के कमरे में बिना फ़ोन किये चला आया था। क्योंकि अब कमोलिका उसकी पत्नी थी।

अभीर- "बोलो इस वक़्त कैसे आना हुआ?"

विक्की- "बस आपके लिये शादी के तोहफ़े के इंतज़ाम में लगा था, आख़िर इकलौता साला हूँ इतना तो फ़र्ज़ बनता है।" अभीर अंदर की ओर चल पड़ा और पीछे-पीछे विक्की। अभीर ने शर्ट को ठीक करते हुए पूछा, "तो क्या तोहफ़ा दे रहे हो हमें?"

विक्की- "बताया था न रामपुर के पास मुग़लों के ज़माने की एक हवेली है तक़रीबन ५०० साल पुरानी, वर्धमान हवेली। सरकार ने इसे हेरिटेज़ प्रॉपर्टी बनाने की पेशकश की थी पर वर्धमान ने इसे सरकार को देने से इंकार कर दिया। और हमने उसका सौदा कर लिया आपके लिए।" अभीर ने अपने पैकेट से एक सिगरेट निकालकर सुलगाते हुए कहा-

"थैंक्स विक्की.. पर अगर सरकार चाहती है कि यह हेरिटेज़ प्रॉपर्टी बने तो वो तो वर्धमान पर कभी भी प्रेशर डाल कर ..."

"सुरेश वर्धमान मर चुका है!"

विक्की ने भी उसी पैकेट से एक सिगरेट निकालकर जलाते हुए कहा-

"न्यूज़ नहीं देखी? नोएडा के एक ५ सितारा होटल में उसका और उसके मैनेजर वासु का किसी ने क़त्ल कर दिया।"

"वर्धमान मर गया? उसका क़त्ल?" अभीर ने अपने होंट गोल करते हुए पूछा, "पर कैसे?"

विक्की- "पुलिस छान बीन कर रही है"

अभीर- "तो फिर वर्धमान हवेली की डील का क्या होगा?"

विक्की- "तुम उसकी चिंता मत करो। उसने तो मेरे साथ डील २ हफ़्ते पहले ही साइन कर ली थी। एडवांस दे दिया था मैंने। तुम्हारे कुछ पैसे मेरे पास पड़े थे उन्ही में से। बाक़ी की पेमेंट तो वर्धमान के बेटों को ही जायेगी जो लन्दन में रहते हैं... जब उनसे मिलो तो दे देना।"

अभीर ने कश लेते हुए कहा, "साउंड्स ओके बट तुम्हारे जुगाड़ों से डर लगता है विक्की!"

विक्की- "कम ओन अभीर! अब तुम मेरे जीजा हो यार, और अब तो पार्टनर भी। तुम्हें कोई नुक़्सान नहीं होने दूँगा। ट्रस्ट मी.. सौदा बुरा नहीं है। मैं तो कहता हूँ कि कमोलिका को लेकर कुछ दिनों के लिए वहाँ चले जाओ मैंने सारा इंतज़ाम कर दिया है।" अभीर ने कुछ सोचते हुए पूछा, " ये बात तुम मुझे फ़ोन पर भी बता सकते थे?"

विक्की- "वो मैं इस डील को लेकर इतना एक्साइटेड था कि सोचा ख़ुद ही जाकर ये ख़बर तुम्हें और कमोलिका को दूँ, आख़िर शादी के बाद पहला तोहफ़ा होगा मेरी तरफ़ से तुम लोगों को।"

विक्की ने पाया कि अभीर नहीं चाहता कि वो अब यहाँ ज़्यादा देर रुके। वो तो बस अपने प्लान को सार्थक होते हुए देखने आया था, जो उसने देख लिया था। अभीर और कमोलिका एक-दूसरे के नज़दीक आ चुके थे। इस बात की संतुष्टि करते हुए उसने वहीं पड़ी ऐश-ट्रे में अपनी सिगरेट बुझायी।

"कमोलिका से एक बार बात करके मुझे डेट बता देना कि कब निकलना है?" कहते हुए वो निकल गया। उसके जाते ही अभीर ने भी अपनी सिगरेट बुझायी। अब उसके दिमाग़ में फिर से कमोलिका की तस्वीर उभरने लगी थी। उसने जो काम अधूरा छोड़ा था उसे पूरा करना था। लिहाज़ा उसके चेहरे पर हल्की-सी मुस्कराहट आ गयी। वो अंदर के कमरे में चल पड़ा, जहाँ कमोलिका गयी थी। अंदर कमरे में उसने पाया कि कमोलिका खिड़की खोलकर बाहर के नज़ारों का आनंद ले रही थी। अभीर ने देखा कि कमोलिका ने एक पारदर्शी गाउन पहना हुआ था जिसके अंदर से धूप छनकर आ रही थी जो कमोलिका के बदन को

एक ख़ूबसूरत आकार दे रही थी मानो जैसे क़ुदरत उसके बदन को अपनी क़लम से एक फ़िनिशिंग टच दे रही हो। उसने महसूस किया कि कमोलिका को यूँ ही देखने भर से उसके अंग-अंग में एक अजीब-सी स्फूर्ति का संचालन होने लगा था। कमोलिका थी ही इतनी ख़ूबसूरत ऊपर से लेकर नीचे तक।

अभीर ने आगे बढ़कर कमोलिका को पीछे से अपनी बाँहों में भर लिया और उसकी गर्दन को चूमते हुए उसका गालों के संग अपने गाल लगाकर सामने नज़ारे देखने लगा। कमोलिका अब अभीर के बदन की गर्माहट को महसूस कर रही थी।

कमोलिका- "कौन आया था ?"

अभीर- "तुम्हारा भाई विक्की! ..तुम्हारे लिए शादी का तोहफ़ा लाया है। मुग़लों के ज़माने की हवेली।" कमोलिका ने देखा कि अभीर की साँसों में एक कशिश पैदा हो गयी है। वो समझ गयी कि अभीर उत्तेजित हो रहा है। कमोलिका ने उत्तेजना भरे होंट अभीर के होंटों के पास ले जाते हुए कहा-

"जो तुम्हें क़ुबूल है, वही मुझे भी क़ुबूल है।" कहते हुए उसने अपने होंट अभीर के होंटों को समर्पित कर दिये और फिर अभीर ने भी उसके होंटों को इज़्ज़त देते हुए उसे गोद में उठा लिया और बेड की ओर ले गया। क़ुदरत ने फिर से अपना खेल खेलना शुरू कर दिया था। दोनों ने ही ख़ुद को क़ुदरत की इस लीला के हवाले कर दिया मानो कोई अदृश्य शक्ति उनकी अध्यापक बनी हुई थी, जो उन्हें ये असीम सुख प्राप्त करने का तरीक़ा सिखा रही थी।

"कम .... अभीर कम ..." कहते हुए कमोलिका अभीर को आख़िरी प्रहार करने के लिए आमंत्रण देने लगी और अभीर ने कमोलिका पर अपने सम्पूर्ण प्रेम का एक साथ आक्रमण कर दिया। कमोलिका एक पल के लिए हल्का-सा चीख़ी पर उसके बाद वो इस युद्ध में अपनी हार को ख़ुशी से स्वीकार करने लगी। वो दोनों आँख बंद करके एक ऐसी हसीन डगर पर दौड़ने लगे धीरे-धीरे रफ़्तार तेज़ हुई और फिर अपने भीतर एक धमाके के साथ दोनों अपनी मंज़िल को प्राप्त हुए जिसे असीम सुख कहते हैं।

***

अध्याय २

उधर नोएडा में डिटेक्टिव प्रदीप पुलिस इंस्पेक्टर चौधरी के संग मिल कर वर्धमान के क़त्ल की गुत्थी सुलझाने में लगा था। चौधरी हर उस इंसान से पूछताछ में लग गया जिसके साथ वर्धमान ने हाल में कोई डील की थी। उसकी लिस्ट में वर्धमान हवेली के डील के भी कागज़ात थे। पर फ़िलहाल उसका ध्यान वर्धमान हवेली की तरफ़ नहीं था जो वहाँ से तक़रीबन ५०० किलोमीटर दूर थी पर उसे एक सुराग़ मिला, 'राहुल सक्सेना' जिसके साथ वर्धमान की प्रॉपर्टी की डील तक़रीबन एक साल पहले हुई थी पर डील के कुछ दिनों बाद ही राहुल सक्सेना का क़त्ल हो गया था।

प्रदीप का दिमाग़ ठनका, शायद उसे इस केस का आरंभ मिल गया था। उसने चौधरी से कहा, "राहुल सक्सेना कौन है इसकी सारी हिस्ट्री मुझे दो दिन में निकाल कर दे सकते हैं?" कहकर वो निकल गया पर अचानक लौटकर आया, "वो हरे रंग का पदार्थ क्या था जो उस पीतल के छोटे कलश पर मिला? कुछ पता चला?"

चौधरी- "अभी फ़ोरेंसिक लैब से रिपोर्ट आयी नहीं है, आते ही बताता हूँ।" प्रदीप ने एक लम्बी साँस ली जेब से सिगरेट निकली और उसे होंटों के पास ले जा कर सूँघते हुए बोला, "उस हरे पदार्थ की महक बहुत अच्छी थी... जैसे किसी इत्र की होती है!

चौधरी- "मझे तो अफीम जैसी लग रही थी!" प्रदीप ने अपने परिचित अंदाज़ में गर्दन हिलाते हुए कहा-

"अब वो अफीम है या परफ़्यूम, जो भी है वही हमें क़ातिल तक पहुँचाएगी। नोट कर लेना इस बात को।" कहकर वो निकल गया।

रात के १२ बजे थे। देहली के पहाड़गंज इलाक़े में एक सन्नाटा पसरा हुआ था। जहाँ दिन भर ट्रैफ़िक का शोर रहता है पर इस वक़्त ट्रैफ़िक सिग्नल की बत्ती, जल-बुझ होकर इस वीराने की गाथा सुना रही थी। उसी सड़क पर एक ऑटो दौड़ा हुआ आ रहा था। एक लाइन से होटल की साइन बोर्ड चमक रहे थे कि एक छोटे से होटल के आगे वो ऑटो आकर रुका, उसमें से उतरा विक्की। उसके हाथ में एक काले रंग का बैग था। ऑटो वाले को पैसे देकर वो होटल में प्रवेश कर गया। रिसेप्शन पर उसने किसी के बारे में पूछा। रिसेप्शन पर बैठे लड़के को

शायद उसके आने की सूचना थी। उसने सीढ़ियों की तरफ़ इशारा करते हुए उसने उसे रूम नंबर २०३ में जाने को कहा। विक्की अपने हाथ में वो काले रंग का बैग दबाये सीढ़ियाँ चढ़ता हुआ रूम नंबर २०३ के आगे पहुँच गया। एक बार ही दरवाज़ा खटखटाने पर दरवाज़ा खुल गया। विक्की अंदर आया वहाँ नेपाली मूल के दो लोग बैठे थे। ये शम्भू और बद्रीनाथ थे। उनकी वेशभूषा और शक्ल से साफ़ लग रहा था कि वो नेपाली हैं। विक्की ने उनसे हाथ मिलते हुए कहा-

"मैं आपके लिए सैम्पल ले आया हूँ।" कहते हुए उसने वो काला बैग खोल दिया। शम्भू ने झुक कर देखा उस बैग में कुछ हरे पत्तों की टहनियाँ थीं। शम्भू ने उन पत्तों को सूँघना शुरू किया। फिर बद्रीनाथ को थमा दिया। बद्रीनाथ ने भी उन पत्तियों को बड़े चाव से सूँघा। जिस अंदाज़ में वो उन पत्तियों को सूँघ रहे थे ये तो साफ़ था कि उनमें से बहुत ही अच्छी सुगंध आ रही थी। शम्भू ने बद्रीनाथ की सहमति लेते हुए विक्की से पूछा-

"कितना माल सप्लाई कर सकते हो?"

विक्की- "अब तो वर्धमान हवेली के आसपास सारे खेत हमारे हैं। मेरे जीजा अभीर ठकराल ने पूरी की पूरी प्रॉपर्टी ख़रीद ली है।"

बद्रीनाथ- "अभीर ठकराल को पता है कि उस हवेली के आसपास ये अफीम के जंगल हैं?"

विक्की- "नहीं मैंने उसकी दिलचस्पी सिर्फ़ हवेली तक ही सीमित रखी है। एक बार वो हवेली का एग्रीमेंट पक्का हो जाये उसके बाद मैं वहाँ एक होटल बना लूँगा।"

शम्भू- "अगर कल को अभीर को इस बारे में पता चल गया और उसने धंधा बीच में रोक दिया तो?"

"मैं धंधे में फूल और हथियार दोनों रखता हूँ... हमारे धंधे में ज़िन्दा लोगों से ज़्यादा लाशें कारोबार में काम आती हैं!"

कहते हुए विक्की ने अपना बैग खोलते हुए दिखाया, उसमें पत्तों के नीचे एक गन भी पड़ी थी। शम्भू और बद्रीनाथ मुस्कुरा दिये और उसे एक बड़ा-सा बैग दिया जिसमें काफ़ी बड़ी रक़म थी। विक्की के इरादे वर्धमान हवेली को लेकर नेक नहीं थे पर इस बात से अभीर और कमोलिका दोनों ही अनजान थे।

अभीर और कमोलिका तो छुट्टियाँ मनाने वर्धमान हवेली की ओर जा रहे थे। दोपहर को वो देहली से अपनी SUV में निकले थे, पर रामपुर पहुँचते

-पहुँचते अँधेरा हो गया था। ऊपर से ज़ोरों की बारिश हो रही थी, रह-रहकर बिजलियाँ चमक रही थीं। बारिश इतनी तेज़ थी कि अभीर की कार के वाइपर भी बहुत तेज़ चल रहे थे। चारों ओर जंगल को देख कमोलिका सकपकाई सी अभीर से बोली-

"ये हम कहाँ जा रहे हैं अभीर? यहाँ जंगल के अलावा कुछ नज़र ही नहीं आ रहा... हम कहीं ग़लत तो नहीं आ गये? ना जी.पी.एस. चल रहा है ना इंटरनेट। पता नहीं हम सही भी जा रहे है या नहीं?"

अभीर ने विनम्रता से कहा, "विक्की ने यही बताया था कि रामपुर से 110 किलोमीटर चलने पर एक कच्ची सड़क आएगी, वहीं से कहीं रास्ता है।"

"ऐसी कौन-सी हवेली है जो गूगल भी नहीं बता रहा!" कमोलिका ने अपना मोबाइल चेक करते हुए कहा। इस पर अभीर ने कार के स्टेयेरिंग को एक मोड़ पर घुमाते हुए जवाब दिया-

"मैडम यहाँ नेटवर्क प्रॉब्लम हो सकती है ..किसी से पूछ लेते हैं रुको.." इस पर कमोलिका ने बेफ़िक्री से जवाब देते हुए कहा-

"यहाँ पर तुम्हें कोई शेर, चीता या हाथी ही रास्ता बता सकता है और कोई तो यहाँ तुम्हें मिलने नहीं वाला वो भी इतनी बरसात में।" पर जैसे-जैसे उनकी कार आगे बढ़ रही थी, कमोलिका ने पाया कि जंगल गहराता जा रहा था और बरसात तो जैसे उनके सब्र का इम्तिहान ले रही थी कि कमोलिका ने अपनी चिंता जताते हुए अभीर से कहा-

"प्लीज़ वापस चलो मुझे घबराहट सी हो रही है।" पर अभीर कमोलिका की बात को नज़रअंदाज़ करके कार चलाता रहा। शायद उसकी नज़रें इस बरसात में किसी मदद को तलाश रहीं थीं कि तभी अचानक उन्हें दूर एक साया दिखायी दिया हल्के सफ़ेद रंग का। कमोलिका ने अभीर के काँधे पर हाथ रखते हुए कहा-

"अभीर गाड़ी रोक दो, यू टर्न ले लो वो देखो सामने!" साये की तरफ़ इशारा करते हुए उसने कहा। एक पल के लिए अभीर ने गाड़ी की रफ़्तार कम कर दी पर वो धीरे-धीरे उस तरफ़ बढ़ने लगा

"डरो नहीं कोई भूत नहीं है.." वो कमोलिका के लाख मना करने पर भी उस और बढ़ चला था। जैसे ही वो नज़दीक पहुँचा उसने पाया कि वो एक लड़की है। उसने सफ़ेद रंग का रेन कोट पहना हुआ था। वो अपनी स्कूटी स्टार्ट करने की कोशिश कर रही थी, जिसकी पीठ उनकी तरफ़ थी। अभीर समझ गया कि

इस लड़की की स्कूटी ख़राब हो गयी है। कार की रौशनी को अपने नज़दीक पा कर वो लड़की मुड़ी और कार की हेडलाइट की रौशनी से उसकी आँखें चमकने लगीं। ऐसा लग रहा था जैसे उसकी आँखों में दो छोटे-छोटे हरे रंग के बल्ब लगे हों। अभीर ने गाड़ी का शीशा नीचे करते हुए पूछा-

"कोई मदद चाहिए मैडम?" लड़की ने झुक कर अन्दर देखा, जहाँ अभीर की बग़ल में कमोलिका बैठी हुई थी। लड़की के सर पर रेन कोट, उससे टपकता पानी और आँखों में हरे रंग की चमक देख कमोलिका ने अभीर का हाथ कसकर पकड़ लिया। लड़की ने कहा-

"वो मेरी स्कूटी खराब हो गयी, आप कहाँ जा रहे हैं?"

"वर्धमान हवेली" अभीर ने उसकी बात का जवाब देते हुए कहा। इतना सुन लड़की उसकी कार का दरवाज़ा खोलकर पिछली सीट पर बैठ गयी।

"मैं भी उसी तरफ़ जा रही हूँ, अगर ऐतराज़ न हो तो में लिफ़्ट ले लूँ?" ये देख कमोलिका हैरान थी कि उस लड़की ने इजाज़त तो माँगी पर हमने इजाज़त दी तो नहीं थी, पर अभीर ने लड़की का स्वागत करते हुए कहा, "हाँ-हाँ क्यों नहीं" और कार स्टार्ट करके आगे बढ़ चला।

बाहर रह-रहकर बिजली चमकने की आवाज़ आ रही थी। उस लड़की के बताये रास्ते पर अब अभीर अपनी कार चला रहा था। कार की हेडलाइट में अब एक कच्चा रास्ता दिखने लगा था। अभीर ने कार को उस रास्ते पर दौड़ा दिया। कमोलिका ने पीछे मुड़कर देखा कि वो लड़की अभीर को बिना पलक झपकाए घूरे जा रही थी, जो अभीर का ही नहीं बल्कि कमोलिका का ध्यान तोड़ने के लिए बहुत था। तभी उस लड़की ने अपना परिचय देते हुए कहा, "हाय! मेरा नाम शमा है.." अभीर ने भी जवाब में अपना परिचय दे डाला-

"मैं अभीर ठकराल और ये मेरी पत्नी, कमोलिका ठकराल। हम वो वर्धमान हवेली ख़रीदने जा रहे हैं।" अभीर ने मुसकुरते हुए कह दिया। अभीर ठकराल का नाम सुनकर वो शमा चहक उठी। "अभीर ठकराल? वो मशहूर उद्योगपति? मैं आपकी बहुत बड़ी फ़ैन हूँ .. फ़ॉलो करती हूँ आपको। आप हाल ही में आबुधाबी में थे ना? किसी ऑयल कंपनी के साथ?" अभीर इस बात से ख़ुश था कि उसके भी फ़ैन हो सकते हैं।

"वैसे मुझे नहीं पता था कि मेरे भी फ़ैन हो सकते हैं वो भी आप जैसे" कहते हुए मुस्कुराकर जैसे उसने कमोलिका की तरफ़ देखा, वो थोड़ा डर गया क्योंकि कमोलिका को यह वार्तालाप बिल्कुल भी अच्छी नहीं लग रही थी कि शमा ने

बात को आगे बढ़ाते हुए अभीर से पूछ लिया-

"वैसे आपको उस पुरानी हवेली मे क्या नज़र आ गया, जो आप उसे ख़रीदने की सोच रहे हैं?"

अभीर ने हँसकर जवाब दिया-

"क्या करें हमारी बेगम साहिबा को वीरान चीज़ों से प्यार है।" कमोलिका को ये मज़ाक़ पसंद नहीं आ रहा था और वो नकली-सी हँसी हँस दी। शमा ने कहा-

"नहीं-नहीं! ये अच्छी बात है, कोई तो इनका भी क़द्रदान होना चाहिये। नहीं तो पुश्तों की धरोहर यूँही खंडहर में तब्दील हो जायेगी एक दिन।"

शमा की उम्र लगभग २६ साल के आसपास की थी, गेहुआं रंग, शरीर की बनावट एक दम सटीक। उसका बदन देख के लगता था योगा या एक्सरसाइज़ करती होगी।

"वो रही आपकी मंज़िल.." शमा ने अभीर और कमोलिका का ध्यान तोड़ते हुए कहा। अभीर और कमोलिका ने देखा कि रह-रहकर चमकती बिजली में वर्धमान हवेली की इमारत दिखायी दे रही थी। जो सफ़ेद पत्थर की बनी हुई थी। शमा ने अभीर को वहीं गाड़ी रोकने के लिए कहा।

"आपकी मंज़िल आ गयी, मुझे यहीं उतार दीजिये और लिफ़्ट देने के लिए बहुत-बहुत शुक्रिया।"

अभीर- "शुक्रिया तो हमें आपका कहना चाहिए कि आप ने हमें हमारी मंज़िल तक पहुँचाया।" शमा ने अभीर की तरफ़ खिड़की के पास आकर झुकते हुए कहा-

"अभी तो मंज़िल दूर है आप पहुँचे कहाँ हैं?" और बाय कहकर निकल गयी। कमोलिका ताड़ चुकी थी कि अभीर की नज़र शमा के वक्षों से नहीं हट रही थी जब वो झुकी हुई थी। शमा के जाते ही कमोलिका ने अभीर की नक़ल उतारते हुए कहा-

"शुक्रिया! कोई भी अनजान लड़की मिलेगी तो क्या उससे इस तरह से हँस-हँस कर बातें करने लगोगे?"

अभीर- "पागल हो क्या, हमें रास्ता पूछना था कोई लड़का भी होता तो मेरा तरीक़ा ऐसा ही होता।" कमोलिका ने गुस्से में टेढ़ी नज़र से अभीर को देखते हुए कहा, "अगर कोई लड़का होता तो उसका पूरा नाम पता और जाने क्या-

क्या पूछकर, फिर उस पर विश्वास करने की सोचते.. इस लड़की से बिना कुछ पूछे ही कार में बैठा लिया, कौन है? कहाँ से आयी है?" अभीर ने भी मज़ाक़ में कहा, "अभी पूछ लेते हैं.." पर उसने जैसे ही गर्दन कार से बहार निकाली वो देखकर हैरान रह गया कि शमा न जाने अँधेरे जंगल में कहाँ ग़ायब हो गयी थी।

"कहाँ ग़ायब हो गयी?" हैरानी से अभीर ने कमोलिका से पूछ लिया

"चुड़ैल थी, चली गयी पाताल में.. अब चलो।" अभीर कार को हवेली के अहाते में ले आया। कमोलिका हवेली की सुन्दरता को देख सब कुछ भूल गयी। अभीर ने हवेली के बाहर दरवाज़े पर कार खड़ी की और बाहर आकर आवाज़ लगायी, "कोई है?" तभी हवेली का बड़ा-सा दरवाज़ा खुला और एक लम्बी चौड़ी डील डौल वाला आदमी बाहर आया। उसकी बड़ी-बड़ी मूँछें थीं। आर्मी जैसा यूनिफ़ॉर्म पहने, हाथ में राइफ़ल लिये उसने अभीर से पूछा-

"आप अभीर ठकराल जी हैं?" अभीर ने हामी भरते हुए अपने परिचय की पुष्टि की और चौहान ने उनका सामान उठाते हुए कहा, "विक्की साहब का फ़ोन आया था कि आप आने वाले हैं ..आइये .... वैसे रास्ते में कोई तकलीफ़ तो नहीं हुई? मैं इस हवेली की देखरेख करता हूँ नाम सुरेन्द्र चौहान है।"

उसने ख़ुद ही अपना पूरा परिचय दे डाला। हवेली के अन्दर दाख़िल होते ही अभीर और कमोलिका की आँखें तो जैसे चुंधिया गयीं। इतना बड़ा दरवाज़ा और ऐसी ख़ूबसूरत नक़्क़ाशी! हवेली के अन्दर जैसा नज़ारा था, ऐसा उन्होंने ख़्वाबों में भी नहीं सोचा था। बड़ी-बड़ी ख़ूबसूरत तस्वीरें चारों ओर लगी हुई थीं। वहाँ एक राजा की बड़ी-सी पेंटिंगनुमा तस्वीर थी और राजा की तस्वीर के बग़ल में एक नर्तकी की तस्वीर लगी हुई थी।

"यह कौन हैं चौहान साहब?" उत्सुकता से अभीर ने पूछा।

चौहान- "ये हैं यहाँ के शहज़ादे वाहिद ख़ान जिन्होंने आज से ५०० साल पहले ये हवेली बनवायी थी और यह उनकी राज नर्तकी अनारकली।"

कमोलिका को अचानक नर्तकी की तस्वीर आकर्षित करने लगी। उसने नर्तकी की तस्वीर को देखकर पूछा-

"ये नर्तकी की पेंटिग राजा के साथ क्यों है? यहाँ राजा की तस्वीर के बराबर में तो किसी रानी की तस्वीर होनी चाहिए थी न?" चौहान ने उनका सामान एक तरफ़ रखते हुए कहा-

"मुझे ज़्यादा तो पता नहीं पर इतना सुनता आया हूँ कि ५०० साल पहले

शहज़ादा वाहिद ख़ान इस राज नर्तकी से बहुत प्यार करता था, उसी के लिए उसने ये हवेली बनवायी थी। पर शायद राजा को इनका प्यार गवारा नहीं था और उसने नर्तकी और शहज़ादे को अलग कर दिया। पर एक चित्रकार जो प्यार से ऊपर ऊँच-नीच को नहीं मानता था उसने यह तस्वीर बनायी थी। तब से ये यहीं लगी हुई है। अब इससे ज़्यादा तो मैं नहीं जानता, वर्धमान साहब ही जानते थे और आप तो जानते हैं कि ...."

अभीर- "हाँ उनका मर्डर.... आई मीन उनका निधन हो गया है.. और कौन है वर्धमान की फ़ैमिली में?"

चौहान- "उनके दो बेटे हैं, अपनी फ़ैमिली के साथ लन्दन में रहते हैं, आने वाले हैं अब वही सब देखेंगे।" अभीर ये सब देखकर ख़ुश था, उसने कमोलिका का हाथ पकड़ते हुए कहा-

"कितना सही है ना कमोलिका? हम जल्द ही मुग़लों की हवेली के मालिक होंगे। क्या हम पूरी हवेली देख सकते हैं?"

"इतनी जल्दी क्या है साहब आप लम्बे सफ़र से आये हैं, कुछ देर आराम कर लीजिये, कुछ खा लीजिये।" कहते हुए चौहान ने डाइनिंग टेबल की तरफ़ इशारा कर दिया। जहाँ पूरी मेज शराब की हर क़िस्म की बोतल और खाने से सजी हुई थी।

"वो सामने बैड रूम हैं, बाथरूम अंदर ही है। गरम पानी चाहिए तो गीज़र चला लीजियेगा। आप स्नान करके, खाना खाकर आराम कर लीजिये। मैं आपसे सुबह मिलूँगा।" कहकर वो दरवाज़े बंद करके बाहर चला गया। उसके जाते ही अभीर ने कमोलिका का हाथ पकड़ लिया और अपनी ओर खींच लिया। कमोलिका की नज़रें अभीर की नज़रों से जा टकरायीं। एक पल के लिए दोनों की नज़रें ठहर गयीं थीं। एक कशिश तो थी अभीर की आँखों में, जो हर बार कमोलिका उसके आगे घुटने टेक देती थी और अब भी वही होने जा रहा था। अभीर ने एक हाथ से कमोलिका को जकड़ा हुआ था तो दूसरा हाथ उसके चेहरे से उसकी बालों की लटों को समेट रहा था। अभीर की उँगली धीरे-धीरे कमोलिका के गालों से होती हुई नीचे सरकने लगी। जादू था अभीर के हाथों में, उनके छूते ही किसी मछली की तरह तड़पने लगती थी कमोलिका। और यही हाल अभीर का भी था। जैसे ही कमोलिका उसकी बाँहों में आती थी, उसका जी करता था कि कमोलिका को खींच कर अपने साथ चिपका ले; वही किया

उसने। कमोलिका को अपने साथ चिपकाकर उसके होंटों को चूमने लगा। पहले तो कमोलिका ने इस बात का विरोध किया, पर अभीर की शिद्दत के आगे उसने घुटने टेकने शुरू कर दिये। वो भी अब अभीर का सर को पकड़कर उसके होटों से रस का आनंद लेने लगी थी और फिर कुछ ऐसा घटना शुरू हुआ जिसकी दोनों को भनक तक नहीं थी। ऊपर लगी नर्तकी की तस्वीर में कुछ हरकत हुई, एक हल्का-सा हरे रंग का धुआँ उसमें से रिसने लगा। वो धुआँ अब उन दोनों के आसपास मंडराने लगा था कि अचानक न जाने क्यों कमोलिका को शमा की याद आ गयी। उसने अभीर का हाथ झटकते हुए कहा-

"बुलाओ ना उस शमा को, जिससे इतने प्यार से बात कर रहे थे। मैं नहाने जा रही हूँ।" और कहते हुए वो अंदर चली गयी। हरे रंग का धुआँ अचानक ग़ायब हो गया। अभीर को तो समझ ही नहीं आया कि अचानक कमोलिका को हुआ क्या? ख़ैर यही सोचकर कि औरत को समझना बहुत मुश्किल है अभीर ने टेबल पर पड़ी बोतल खोली और उसमें से पैग बनाकर पीने लगा। ऐसा प्रतीत हो रहा था कि ऊपर लगे फ्रेम में नर्तकी अभीर को ही देख रही हो।

धीरे-धीरे बरसात थमने लगी थी। अभीर ने खिड़की से देखा कि बादल अब टूट रहे थे। रह-रहकर चाँद बादलों के बीच से झाँक लेता था। जिससे उसे वर्धमान हवेली की चमक का अंदाज़ा होने लगा था। अचानक अभीर ने महसूस किया कि हल्की-सी ठंड बढ़ रही थी, उसने मुड़कर देखा वहाँ एक फ़ायर प्लेस बना हुआ था। बिल्कुल उन तस्वीरों के नीचे। अभीर ने बढ़कर देखा कि वहाँ कुछ सूखी लकड़ियाँ पड़ी हैं और माचिस भी। चौहान पूरा इंतज़ाम करके गया था। अभीर एक दो बार की कोशिश के बाद उन लकड़ियों में आग लगाने में कामयाब हो गया था। लकड़ी सूखी थीं लिहाज़ा आग पकड़ने में देर नहीं लगी और उन आग की लपटों से ऊपर लगी नर्तकी की तस्वीर में कुछ हरकत होने लगी थी। ऐसा प्रतीत हो रहा था जैसे तस्वीर के निचले हिस्से से हल्का हरे रंग का धुआँ रिस रहा हो। अभीर इस बात से अनजान था। वो तो बस जल्द से जल्द कमोलिका को अपनी बाँहों में भरने के सपने देख रहा था।

रात का अँधेरा गहराता जा रहा था। हवेली के चारों ओर सिर्फ़ चाँद की रौशनी फैली हुई है। हवेली अभी भी बादलों के बीच से झाँकते हुए चाँद की रौशनी में चमक रही थी। अभीर ने पाया कि चाँद की सफ़ेद रौशनी में हल्के से हरे रंग का मिश्रण था। कभी ऐसा देखा नहीं था उसने। शायद हवेली के आसपास

हरे जंगल के पत्तों से टकराकर रौशनी का स्वभाव हरा हो गया हो, यही सोचकर वो धीरे-धीरे अपने गिलास से घूँट भर रहा था, पर शायद इस हवेली पर किसी दूसरी ही शक्ति का प्रभाव था जिसकी तासीर हरे रंग की थी।

उधर चौधरी के हाथ राहुल मर्डर केस से जुड़ी एक महत्वपूर्ण जानकारी लगी थी और देर रात को ही उसने प्रदीप को बुलावा भेजा था। प्रदीप भी वक़्त बर्बाद न करते हुए जब दलबीर के पास पहुँचा तो दलबीर ने उसे बताया कि राहुल की लाश के पास भी वैसा ही हरे रंग पदार्थ पाया गया था जो उस पीतल के कलश पर मिला था जो वर्धमान के कमरे में मिला था। प्रदीप नज़रें गढ़ाकर उस रिपोर्ट को पढ़ रहा था। राहुल मर्डर केस ज़्यादा पुराना नहीं था, एक साल पुरानी ही बात थी। अब उसे यक़ीन हो चला था कि वर्धमान मर्डर केस और राहुल मर्डर केस में कोई कनेक्शन ज़रूर है। अब वो सब कुछ छोड़कर राहुल मर्डर केस की फ़ाइल खोलना चाहता था। चौधरी ने प्रदीप को बताया कि इसके लिए उसे ऊपर से परमिशन लेनी पड़ेगी, जिसके लिए एक-दो दिन लग सकते हैं। प्रदीप ने अपनी जेब से सिगरेट निकालकर चौधरी को देखते हुए कहा-

"जितने भी दिन लग जायें, राहुल मर्डर केस को दोबारा खोलिये। लाश किस स्थिति में मिली? कोई सस्पेक्ट? सबकी जानकारी चाहिए मुझे। क्योंकि यह हरा रंग ही हमें क़ातिल तक लेकर जायेगा।" उसने उस पर्चे को देखते हुए कहा।

उधर हवेली में मंद-मंद जलती झूमर की लाइट और खिड़की से आती ठण्डी-ठण्डी हल्की-हल्की हवा जो अब बारिश की बूँदों में तब्दील हो चुकी थी। बादल फिर उमड़ आये थे। बरसात शुरू हो चुकी थी। रह-रहकर दूर से बिजली के चमकने की आवाज़ फिर से आने लगी थी जिसकी वजह से ठंडक और बढ़ने लगी थी और फायर प्लेस में जलती आग वातावरण में अब रोमांस पैदा कर रही थी। एक जादू था इस जगह में जो इन्सान के हर तनाव को भुला दे और ऐसे माहौल के चलते उसके मन और तन में बस प्यार करने की इच्छा जागृत हो रही थी। अचानक उसकी नज़र वहाँ लगी नर्तकी की तस्वीर पर गयी, यूँ लग रहा था कि अब वो बोल उठेगी। इतनी ख़ूबसूरत चित्रकारी उसने कभी नहीं देखी थी। नर्तकी के बाल लापरवाही से पीछे की ओर बिखरे हुए थे। बालों पर एक बड़ा-सा लाल रंग का फूल, वक्ष एक छोटे से कपड़े से ढँके थे जिसे वो ऐसे तान कर खड़ी थी मानो ख़ुद को परोस रही हो और नीचे पतली कमर की बनावट, मानो

आगे का रास्ता दिखा रही हो। सच में जिस चित्रकार ने ये तस्वीर बनायी होगी, काफ़ी रोमांटिक रहा होगा। कोई भी इस तस्वीर को देखकर, उसके जीवित होने की कामना कर बैठे।

उस नर्तकी का ऐसा सौन्दर्य और ऊपर से शराब का हल्का-हल्का नशा अब अभीर को उत्तेजित करने लगा था। अब यह उस तस्वीर का जादू था या फिर उस माहौल का असर कि अचानक उसने पाया कि कमोलिका कमरे से बाहर आकर कोई बैग खोज रही थी। उसने अपने बदन पर टॉवल लपेट रखा थी, शायद वो कपड़े बाथरूम में उतार आयी थी।

"क्या ढूँढ़ रही हो?" अभीर ने वहीं से पूछा।

कमोलिका ने उसे बिना देखे कह दिया, "पिंक नाइटी.. इसी बैग में तो रखी थी.." अभीर की इन्द्रियाँ अब अपनी ख़ूबसूरत पत्नी का बदन देखकर जागृत होने लगी थीं। उसने उस नर्तकी की तस्वीर को एक बार फिर से देखा, मानो उत्तेजना का डोज वो उसी से ले रहा हो। वो धीरे से उस ओर बढ़ चला जहाँ कमोलिका झुक कर बैग में अपनी नाइटी ढूँढ़ रही थी। खिड़की से पड़ रही मंद रौशनी कमोलिका के काँधों में चमक पैदा कर रही थी। अभीर ने तो कमोलिका को चौंका ही दिया जब उसने उसके काँधों पर हाथ रख दिया।

"क्या कर रहे हो, डरा ही दिया.." कमोलिका अभीर के इस तरह से छूने से घबरा गयी और जवाब में अभीर ने कमोलिका के होंटों पर अपनी उँगली रख दी। मानो कहना चाह रहा था कि कुछ ना कहो। वो कमोलिका के काँधे चूमना चाहता था कि कमोलिका ने उसे रोकते हुए कहा-

"अभी नहीं, मुझे नहाने दो.. पानी गरम है।"

"कोई बात नहीं ...तुम बिना नहाये ही सुंदर लगती हो.." अपनी साँस को कमोलिका के काँधे पर फेंकते हुए बोला। अभीर की साँसें अपने काँधे पर पाकर कमोलिका सिहर गयी वो, भांप गयी थी कि अभीर के इरादे नेक नहीं हैं।

"हटो मुझे नहाने दो" कहकर अपनी नाइटी उठाकर अंदर जाने को थी कि अभीर ने उसके बदन से लिपटे टॉवल का सिरा पकड़कर खींच लिया। कमोलिका सहम गयी, उसकी पीठ से टॉवल हट चुका था। बस सामने से उसने टॉवल को पकड़ रखा था। अभीर कमोलिका की इस बेबसी का फ़ायदा उठा कर उसके नज़दीक आ गया और कमोलिका को दीवार के सहारे दबा दिया। कमोलिका दीवार का सहारा लेकर हाथ में टॉवल दबाये लम्बे-लम्बे साँस लेने

लगी। अभीर ने कमोलिका की गर्दन से उसका बाल हटा दिये और अपना पूरा पंजा स्पर्श रूपी अंदाज़ में उसकी पीठ पर रख दिया और धीरे-धीरे उसकी मुलायम पीठ को नापते हुए नीचे की ओर ले जाने लगा। जैसे-जैसे अभीर की हथेली कमोलिका की पीठ पर हरकत करते हुए नीचे की ओर जा रही थी कमोलिका की पकड़ टॉवल पर ढीली होती जा रही थी। वो दीवार की तरफ़ अपना चेहरा किये यही फुसफुसा रही थी-

"अभी नहीं अभीर, सी आई हैव ए सरप्राइज़ फ़ॉर यू.." पर अभीर जानता था कि उसका जादू चल चुका है। कमोलिका ने इस प्रेम खेल में अपनी हार स्वीकार कर ली थी। प्रेम-अगन ने दोनों को जकड़ लिया था। कमोलिका की हार पर मोहर लगाने के लिए उसने उसे अपनी ओर मोड़कर उसके जिस्म पर चुंबन की बौछार कर दी और कमोलिका भी आँख बंद करके समर्पण के लिए तैयार थी। मौक़ा पाकर अभीर ने उसके और अपने बीच से टॉवल को खींच कर फेंक दिया। शर्म के मारे कमोलिका ने अपनी बाँहों से अपने चेहरे को छुपा लिया ताकि अभीर उसकी सम्पूर्ण सुन्दरता का दीदार दिल खोलकर कर सके। अब तो वो भी चाहती थी कि अभीर जो चाहता है वो करे, उसने अपने हाथों से टॉवल को छोड़ दिया। फ़ायर प्लेस पर जलती आग की लौ से अब कमोलिका का बदन चमक रहा था। जैसे उसे और ख़ूबसूरत बनाने के लिए उस पर कोई लाइट इफ़ेक्ट दे रहा हो। दोनों ने अब ख़ुद को हालात के हवाले कर दिया था। दोनों प्यार के असीम सुख के आदान-प्रदान में व्यस्त थे। वो यह जान ही नहीं पाए कि उन्हें कोई और भी देख रहा था। ऐसा प्रतीत हो रहा था कि नर्तकी अपनी तस्वीर से उन्हें ही देख रही थी। अचानक तस्वीर में नर्तकी के बाल हिलने लगे। एक हरे रंग का धुआँ तस्वीर के नीचे से रिसने लगा, पर कमोलिका और अभीर इस बात से बेख़बर इस प्रेम-अगन में जलने को तैयार थे। दोनों अब किसी सर्प के जोड़े की तरह आलिंगन कर रहे थे और बाहर से कड़कती बिजलियाँ मानो इन दोनों को आगाह कर रही थीं कि उनके आसपास कोई ख़तरा मंडरा रहा है और फिर अचानक! अचानक! नर्तकी की तस्वीर में उसने अपनी आँख झपकी मानो वो जीवित हो।

अभीर और कमोलिका इस प्रेम लीला में मगन थे कि उन्हें पता ही नहीं चला कि एक हरे रंग का धुआँ उनके पीछे एक घने बादल का रूप ले चुका था। मानो अब उन दोनों को निगलने को था कि अचानक! अचानक! दरवाज़े पर एक तेज़ दस्तक हुई, ठक! ठक! ठक! दरवाज़े पर दस्तक की आवाज़ ने तो कमोलिका को इतना चौंका दिया कि होश सँभालने के लिए काफ़ी था और

दरवाज़े पर दस्तक के होते ही वो हरे रंग का धुआँ वापस नर्तकी की तस्वीर में प्रवेश कर गया और ये अभीर और कमोलिका नहीं जान पाए।

दोनों के चेहरे पर हवाइयाँ उड़ चुकी थीं। कमोलिका ने झट से अपना टॉवल उठाया और अपने बदन को ढँकते हुए पूछा-

"इस वक़्त कौन हो सकता है?" अभीर भी हैरान था उसने घड़ी देखी रात के १२ बजने वाले थे।

"शायद चौहान होगा, तुम अंदर जाओ मैं देखता हूँ।" कहते हुए अभीर दरवाज़े तक पहुँचा, अब दस्तक की आवाज़ नहीं आ रही थी। अभीर को लगा उसका वहम हो सकता है, वो वापस पलटने को था कि वही दस्तक फिर से हुई। अभीर ने आवाज़ लगायी, "कौन? कौन है?" कि उसे बहार से एक लड़की की आवाज़ सुनायी दी-

"मैं हूँ.." आवाज़ परिचित से लग रही थी। अभीर ने पूछा-

"मैं कौन?

"मैं शमा।" शमा का नाम सुनकर अभीर ने दरवाज़ा खोल दिया। दरवाज़ा खोलते ही बाहर से तेज़ बारिश की आवाज़ आ रही थी और सामने सर से लेकर पाँव तक भीगी शमा खड़ी थी। शमा ने सफ़ेद रंग की शर्ट पहनी हुई थी और भीगने की वजह से शर्ट एक दम बदन से चिपककर निचुड़ रही थी। पानी की बूँदें उसके शरीर पर हर संभव जगह से रास्ता बनाते हुए बह रही थीं। अभीर शमा की ऐसी हालत को देखकर हैरान था। अभीर ने अपनी झेंप मिटाते हुए कहा-

"अरे भीग क्यों रही हैं आप? अंदर आईये न.." शमा अंदर आने से हिचकिचा रही थी, पर अभीर ने उसे अंदर बुला लिया।

शमा- "वो ठण्ड बहुत थी, मेरा वोडका ख़त्म हो गया था, सोचा आपसे थोड़ा उधार मिल जाता तो.." शमा की बात पूरी होने से पहले ही अभीर ने टेबल पर पड़ी एक वोडका की बोतल शमा को पेश कर दी।

"लीजिये इसमें फ़ॉर्मेलिटी की क्या बात है।" शमा ने जैसे ही अभीर से वोडका की बोतल पकड़ी उसने देखा कि अभीर के गाल पर जगह-जगह लिपस्टिक के निशान हैं। वो समझ गयी कि यहाँ क्या चल रहा होगा। अचानक उसके चेहरे के भाव बदलने लगे, वो कभी उस कमरे को देखने लगी तो कभी ऊपर लगी नर्तकी की तस्वीर को। वो हाथ में बोतल लेकर बाहर की ओर चलने लगी। जैसे वो दरवाज़े तक पहुँची, उसने अभीर का ध्यान तोड़ते हुए कहा-

"तुम यह सब यहाँ कर रहे थे?"

"क्या कर रहा था मैं यहाँ? समझा नहीं!" अभीर ने हैरानी से भरे स्वर में उसकी बात का जवाब देते हुए कहा। शमा ने अपनी उँगली बढ़ाकर उसके गाल से लिपस्टिक के निशान को खींच लिया और अभीर को दिखाते हुए बोली, "यह!" अभीर को इस बात का एहसास नहीं था कि उसके चहरे पर कमोलिका की लिपस्टिक के निशान लगे रह गये थे। उसने दोनों हाथों से चेहरा साफ़ करते हुए सफ़ाई देनी चाही।

"वो बस ऐसे ही कमोलिका थोड़ा रोमांटिक हो गयी थी तो...." उसने देखा कि शमा उसे अजीब नज़रों से देख रही थी। उसकी आँखें अभीर को चेतावनी दे रही थीं। "रोमांस करने के लिए बेडरूम होता है, याद रहे यह मुग़लों की हवेली है, यहाँ कुछ क़ायदे-क़ानून हैं। उनका पालन कीजिये, अपना ख़याल रखिये, थैंक्स फ़ॉर दिस!" बोतल दिखाते हुए चली गयी। अभीर को समझ नहीं आया कि इतनी रात गये शमा उससे वोडका माँगने आयी थी या फिर उसे किसी बात की चेतावनी देने। इन्हीं बातों को सोचते हुए उसने दरवाज़ा बंद कर अपने लिए एक और पैग बनाया। उसके कानों में अभी भी शमा की बातें गूँज रही थीं और फिर से बाहर गरजती हुई बिजलियों ने उसका ध्यान तोड़ दिया। उसने कमोलिका को आवाज़ लगायी-

"कमोलिका! कमोलिका बाहर आ जाओ!" पर कमोलिका की तरफ़ से कोई जवाब नहीं आया। वो समझ गया कि शायद कमोलिका नहाने चली गयी है कि अचानक उसकी नज़र वहाँ टंगी राजा और नर्तकी की तस्वीर पर गयी। तस्वीर में नर्तकी बहुत ख़ूबसूरत लग रही थी। उसने मुस्कुराकर तस्वीर की तरफ़ देखकर चियर्स किया और फिर वहाँ खिड़की के पास जाकर बरसात का आनंद लेने लगा। बरसात की बूँदें उसके चेहरे पर पढ़ रही थीं और फिर वो हुआ जिसकी कल्पना कोई भी नहीं कर सकता था। अचानक नर्तकी की तस्वीर के फ्रेम के कोनों से हरे रंग के धुएँ का रिसाव होने लगा और देखते-देखते उस हरे रंग के बादल ने तस्वीर को पूरी तरह से छुपा दिया ...और जब धुआँ हटा... फ्रेम ख़ाली था उसमें नर्तकी की तस्वीर नहीं थी। अभीर अभी भी खिड़की के बाहर हाथ में पैग लिये बरसात का आनंद ले रहा था और फिर वो हरे रंग के धुएँ का बादल अभीर के पीछे इकठ्ठा होने लगा।

छम! छम! छम! .... अभीर को अपने पीछे से पायल की आवाज़ आने

लगी.. वो मुड़ा, उसने पाया वहाँ कोई नहीं था.. पूरी हवेली ख़ाली थी। उसे लगा शायद यह उसका वहम होगा। वो अपना गिलास ख़ाली करके फिर से पैग बनाने लगा कि न जाने क्यों उसे लगा कि उसके पीछे से कोई छम-छम करता हुआ भागा। उसने मुड़कर देखा कि बेडरूम का पर्दा हिल रहा था जहाँ कमोलिका नहाने गयी थी। वो गिलास को वहीं रख कमरे के अंदर दाख़िल हो गया। दरवाज़े पर पहुँचकर उसने धीरे से आवाज़ लगानी शुरू कर दी-

"कमोलिका! कमोलिका!" पर कोई आवाज़ नहीं आ रही थी। कमरा काफ़ी बढ़ा था। एक लकड़ी की दीवार के पीछे ही बाथरूम बना हुआ था। वो आगे बढ़ने लगा, यह सोच शायद कमोलिका बाथरूम के अंदर नहा रही होगी कि अचानक उसे पायल की आवाज़ फिर से आयी मानो उसे कोई पुकार रहा हो। उसके पसीने छूटने लगे। उसने धीरे से पीछे गर्दन घूमाकर देखा और एक पल के लिए दंग रह गया। दरवाज़े के पीछे कमोलिका खड़ी थी। किसी अप्सरा की तरह लग रही थी। सर पे मुकुट जैसा एक हार पहना हुआ था। जिस्म पर एक पतले से कपड़े के साथ अपने वक्षों को ढँक रखा था जिस पर उसके बाल लहरा रहे थे और कमर के नीचे नीले रंग की साड़ी पहनी हुई थी। उसके हाथ में एक पीतल का कलश था जिस पर नक़्क़ाशी हो रखी थी। उसमें से हल्का हल्का हरे रंग का धुआँ निकल रहा था और कमोलिका मुस्कुराकर अभीर को देखे जा रही थी। अभीर को नहीं पता था कि ये तो वैसा ही कलश था जो वर्धमान के पास मिला था जब उसकी मौत हुई थी। अचानक खिड़की से तेज़ हवा चलने लगी और कमोलिका के कपड़े उसके बदन से चिपकने लगे और जैसे ही उसके कपड़े उसके बदन से चिपके अभीर कमोलिका के बदन की बनावट को साफ़ देख पा रहा था। कमोलिका का यह मनमोहक रूप अभीर को उतेजित करने के लिए काफ़ी था। अभीर के मन में अनेक सवाल उभरने लगे। वो कुछ कह पाता कि कमोलिका उसके पास कमर लहराती हुई आयी। उसके चलने से उसकी पायल छम-छम करके एक ध्वनि का संचालन कर रही थी। उसने अभीर के नज़दीक आकर अभीर को शरमाते हुए कहा-

"ऐसे ना देखो शहज़ादे ... कहीं कनीज़ की आबरू रुस्वा न हो जाये।" अभीर कमोलिका की बातें सुनकर हैरान रह गया

"कनीज़? शहज़ादा? यह तुम उर्दू क्यों बोल रही हो और यह ड्रेस कब ख़रीदी तुमने? तुम तो वेस्टर्न ही पहनती हो न?" कमोलिका उसके सवालों के

जवाब देने की बजाए उसे बेड पर ले गयी।

"आज से यह लौंडी आपकी बांदी है और आप मेरे सरताज हैं। आप इस हवेली के मालिक और इस कनीज़ की ज़िन्दगी के भी।" शरमाते हुए उसने उसके पाँव से उसके जूते उतारने शुरू कर दिये.. अभीर यह देख मुस्कुरा दिया।

"आई एम लविंग इट कमोलिका, मैं नहीं जानता था मेरे लिए यह सरप्राइज़ रखा है तुमने.. प्लीज़ कंटिन्यू।" कहकर आँख बंद करके बेड पे लेट गया। अचानक उसने पाया कयी एक ठुमरी से वातावरण गूँज उठा और उसके चेहरे पर एक मोर पंख से कमोलिका धीरे-धीरे स्पर्श करने लगी।

अभीर- "नाइस म्यूज़िक, वैरी रोमांटिक.. सिंगर कौन है?" कमोलिका ने उसके कान पर अपने होंट लाकर कहा-

"शहज़ादे की शान में तानसेन ने यह राग छेड़ा है।" अभीर से अब बर्दाश्त नहीं हुआ, उसने कमोलिका के बाल पकड़कर उसे अपनी ओर खींच लिया।

"कम ऑन कमोलिका, अब रहा नहीं जा रहा।" वो उसे चूमने को था कि अचानक कमोलिका ने उसके होंट पर उँगली रखते हुए कहा-

"इतनी भी क्या बेताबी साहिबे-अलाम इन आँखों से अपने शहज़ादे का दीदार कर लेने दीजिये.. सदियाँ बीत गयीं इन आँखों को सुकून मिले।" पर अब अभीर इरिटेट होने लगा था।

"यार बहुत मज़ाक़ हो गया.. अब यह पोशाक उतारो ना।" कमोलिका ने शरमाते हुए अपनी पीठ अभीर की तरफ़ करते हुए कहा-

"यह ज़हमत आप ही उठाइए न.." अभीर ने देखा कि कमोलिका ने एक मख़मली पतले से कपड़े में अपने वक्षों को क़ैद किया हुआ था जिसकी गाँठ पीछे लगी थी। उसने धीरे से कमोलिका के उस कपड़े की गाँठ खोलनी शुरू कर दी। एक ही बार में गाँठ खुल गयी और गाँठ खुलते ही उस छोटे से कपड़े ने कमोलिका के सुनहरे बदन को आज़ाद कर दिया। अभीर ने हाथ बढ़ाकर कमोलिका की पीठ को छूना शुरू कर दिया। जैसे-जैसे अभीर कमोलिका की पीठ सहला रहा था उसकी साँसें बढ़ती जा रही थीं। उसने कमोलिका को अपनी ओर कर लिया और दोनों हाथों को उसके चेहरे से सरकाता हुआ उसके वक्षों पर ले आया। किसी कटोरी की तरह उसने कमोलिका के वक्षों को अपनी मुट्ठी में ले लिया था। इधर अभीर की साँसें बढ़ रही थीं तो उधर ठुमरी की तान तेज़ हो रही थी। कमोलिका ने मुस्कुराते हुए नज़ाकत से अभीर को बिस्तर पर लिटा दिया

इशारे से उसे कुछ भी न करने को कहा। अब वो अभीर के बदन पर अपनी साँसों से प्रहार करने लगी और फिर धीरे-धीरे उसने अपने बदन को अभीर के बदन के साथ दबा दिया और अभीर ने भी उसकी पीठ को अपनी लम्बी बाज़ुओं में समेट लिया। अब कमोलिका भी लम्बी साँसें लेकर यही कहे जा रही था-

"मुझमें समा जाओ शहज़ादे.. बरसों बीत गये। मेरा रोम-रोम तुम्हारी मोहब्बत को अपने अंदर समाने को बेताब है।"

दो बदन अब प्यार की अग्नि में जलने के लिए तैयार थे। ठुमरी के संग वातावरण में उनकी साँसें मिश्रित होकर एक प्रेम भरी ध्वनि का संचार कर रही थी। अभीर को अचानक कुछ याद आया। अभीर एक दम खड़ा हो गया-

"एक मिनट रुको, मैं प्रोटेक्शन ले लेता हूँ।" कि कमोलिका ने उसे पकड़ लिया-

"नहीं शहज़ादे, हमारे बीच किसी तीसरे का कोई काम नहीं। मैं अपने भीतर सिर्फ़ आपको महसूस करना चाहती हूँ सिर्फ़ आपको।" अभीर ने मुस्कुरा कर जवाब दिया-

"नहीं कमोलिका, अभी हम बच्चे के लिए तैयार नहीं हैं। अभी तो हमें ऐसे कितनी बार एन्जॉय करना है।" कहता हुआ बाथरूम की तरफ़ चल पड़ा। यह देख कमोलिका की आँख में गुस्सा भर आया। अभीर बाथरूम के पास रखे अपने बैग से कंडोम निकालने गया। उसके कानों में ठुमरी की मधुर आवाज़ अभी भी पड़ रही थी। अभीर आज बहुत ख़ुश था। वो यही बोले जा रहा था-

"आई एम लविंग इट.." पर उसने जैसे ही बाथरूम का दरवाज़ा खोला उसकी चीख़ निकल गयी। सामने एक और कमोलिका खड़ी थी। जो नहाकर अब बाहर आ रही थी। उसकी चीख़ सुन कमोलिका भी चीख़ पड़ी।

"क्या हुआ चीख़े क्यों थे?" अभीर को चक्कर आने लगे वो बाहर बेडरूम की ओर भागा, पर वहाँ न तो वो कमोलिका थी जो उसके साथ थी न ही अब ठुमरी बज रही थी। पीछे-पीछे कमोलिका भी अपनी ड्रेस ठीक करते हुए आ गयी।

"क्या हुआ चीख़े क्यों थे?" अभीर की साँसें बढ़ रही थीं।

"तुम यहीं थीं अभी.. एक अप्सरा-सी बनी हुई.. मुझसे उर्दू में बातें कर रही थीं.. वहाँ रोमांटिक म्यूज़िक चल रहा था, कोई ठुमरी टाइप्स.." कमोलिका ने चिल्लाते हुए कहा-

"क्यों डरा रहे हो मुझे? मैं तो नहाकर अभी बाहर आयी हूँ।"

अभीर ने अपना माथा पकड़ लिया। "यही तो मैं तुमसे कह रहा हूँ कि अगर

तुम नहा रही थीं, तो यहाँ मेरे साथ कौन थी?"

कमोलिका को लगा कि अभीर अब उसके साथ मज़ाक के मूड में है। लिहाज़ा उसने उसकी बात का जवाब नहीं दिया। बस इतना कहकर अपने बाल शीशे के सामने सँवारते हुए कहा-

"मुझे ना इस वक़्त भूख लगी हुई है।"अभीर ने बेपरवाही से जवाब दिया, "मुझे भूख नहीं है, तुम खा लो.." अभीर इतनी रात को कमोलिका को डरा कर उसका मूड ख़राब नहीं करना चाहता था, जब तक वो इस घटना की तह तक ख़ुद ना पहुँचे कि अगर कमोलिका नहा रही थी तो फिर अभीर के साथ कमोलिका बनकर कौन रोमांस कर रही थी।

***

अध्याय ३

रात के बादल छँट चुके थे। उगते सूरज की रौशनी कमरे में झाँकने लगी थी, पर अभीर... उसके दिमाग़ से तो उस काले स्वप्न का पर्दा हट नहीं रहा था। एक ही सवाल उसके दिमाग़ में घूम रहा था कि अगर कमोलिका बाथरूम में थी तो वो किसके साथ संग कर रहा था। इधर कमोलिका खाना खाकर आ गयी थी। वो अभीर के बदलते भाव देख रही है। उसे समझ नहीं आ रहा कि अभीर ऐसी बहकी-बहकी बातें क्यों कर रहा है। अभीर भी हर तरफ़ झाँक कर कुछ तलाशने की कोशिश कर रहा था। उसने एक बार कमोलिका को देखा फिर बाहर की ओर भाग गया। कमोलिका की नज़र बिस्तर पर गयी जहाँ उसे कोई पदार्थ के अवशेष दिखायी पड़े। वो अपनी उँगली में उस पदार्थ को उठाकर सूँघने लगी।

उधर हॉल में आकर अभीर अभी भी उस कमोलिका को तलाश कर रहा था, जो उसके साथ थी। उसकी नज़र एक बार ऊपर लगी नर्तकी की तस्वीर पर गयी, पर उसने उसे नज़रअंदाज़ कर दिया। क्योंकि वो तो उसके लिए केवल एक तस्वीर ही थी। वो खिड़की के बाहर झाँक कर पेड़-पौधों को देखने लगा जो बरसात से नहाकर और निखर गये थे। पर उसे समझ कुछ नहीं आ रहा था कि अचानक उसने अपने पीछे से लड़की के हँसने की आवाज़ सुनी। उसने झटके से मुड़कर देखा कि कमोलिका नाइटी पहने हँस रही है। अभीर असमंजस में था कि क्या यह उसकी वाली कमोलिका है या फिर जो उसके साथ उसके बिस्तर पर थी वो। वो धीरे-धीरे क़दम बढ़ाकर कमोलिका के पास गया। उसने पाया कि कमोलिका उसकी आँखों में आँखे डाल मुस्कुरा रही थी।

"तुम्ही थीं न मेरे साथ? बोलो... कौन हो तुम जो मेरी पत्नी का रूप लेकर मुझसे छलकर रही हो बोलो?" उसने लगभग कमोलिका के बाज़ू जकड़कर उन्हें ज़ोर से हिलाते हुए पूछा। कमोलिका ने ख़ुद को छुड़वाकर अभीर को ज़ोर से धक्का देते हुए कहा-

"होश में आओ अभीर, मैं तुम्हारी पत्नी हूँ कमोलिका। बंद करो यह ड्रामा करना! सब समझ गयी हूँ मैं!"

"क्या समझ गयी हो तुम?" झल्लाते हुए अभीर ने पूछा।

"यही कि अब तुम्हारा मूड नहीं रहा, यह देखो।" कहते हुए अपनी उँगली अभीर के नाक के पास कर दी।

"बस मुझे अवॉयड करने के लिए यह सारा ड्रामा कर रहे हो।" अभीर ने चिढ़ते हुए कहा-

"ओह कम ओन कमोलिका, यह कोई इतनी बड़ी बात नहीं है। अगर इस वक़्त मेरा मूड नहीं रहा, इसका मतलब ये नहीं कि मैं नपुंसक हो गया हूँ। समझ आ रही है बात कि नहीं? मेरे साथ कोई था। तुम्हारी शक्ल वाली लड़की" इतना सुन अब कमोलिका थोड़ी सीरियस हो गयी। वो अभीर की परेशानी देख रही थी। उसने कुछ याद करके अभीर से पूछ डाला-

"अच्छा उस वक़्त रात को दरवाज़े पर कौन आया था जब मैं नहाने ...." कमोलिका की बात पूरी होने से पहले ही अभीर को याद आ गया कि शमा आयी थी। हाँ अजीब-सी बातें कर रही थी। कहीं यह उसका कोई खेल तो नहीं? अचानक उसने अपनी टी-शर्ट उठायी और बाहर निकल गया। कमोलिका उसे रोकना चाहती थी पर वो नहीं रुका।

"मैं थोड़ी देर में आता हूँ और जब तक मैं वापस न आऊँ तुम यहाँ से हिलना नहीं।" कहते हुए वो हवेली के बड़े दरवाज़े को खोलकर निकल गया कि अचानक कमोलिका के फ़ोन की घंटी ने उसका ध्यान तोड़ा जो अंदर चार्जिंग पे लगा हुआ था। वो दौड़कर गयी उसने देखा, उस पर विक्की का नाम फ़्लैश हो रहा था। उसने फ़ोन उठाते ही हेलो कहा और दूसरी ओर से आवाज़ आयी-

"गुड मोर्निंग.. सॉरी इतनी सुबह फ़ोन कर लिया.. तुम्हें तो पता है इतनी सुबह तो मेरी शाम होती है.. ऐनी वेज़.. कैसी हो बहना?" कमोलिका ने ख़ुद को सँभालते हुए कहा, "हाँ ठीक हूँ।"

"और जीजा जी?" कमोलिका को समझ नहीं आ रहा था कि वो विक्की की इस बात का क्या जवाब दे कि विक्की ने बात बढ़ाते हुए कहा-

"अच्छा छोड़ो अभीर से बात करवा दो, मैं उससे ही बात करता हूँ जाग गया है क्या?" कमोलिका ने देखा कि अभीर का मोबाइल वहीं पड़ा हुआ है।

"वो बाहर गये हैं शायद मोर्निंग वॉक के लिए, आते ही बात करवाती हूँ।" टालते हुए उसने फ़ोन रख दिया।

उसे अब अभीर की बातें याद आ रही थीं कि उसके साथ उसके बिस्तर पर वो थी जबकि वो तो बाथरूम में थी। पर अभीर झूठ क्यों बोलेगा? कहीं वो कमोलिका के साथ कोई मज़ाक़ तो नहीं कर रहा था? या फिर अभीर के मन में कुछ और ही चल रहा है। वो इन्हीं उलझनों में उलझी हवेली को देख रही थी।

उसे ऐसा लगा कि ख़ाली हवेली उसे घूर रही है। ख़ास कर वहाँ लगी नर्तकी की तस्वीर। वो ख़ुद को सँभालते हुए अपने बेडरूम में भाग गयी। उसके जाते ही नर्तकी की तस्वीर से हल्का-हल्का सा हरे रंग का धुआँ फिर रिसने लगा। मानो वो इस पूरे घटनाक्रम को नज़दीक से देख रही थी।

उधर नोएडा में चौधरी ने राहुल मर्डर केस की फ़ाइल लाकर डिटेक्टिव प्रदीप के सामने रख दी थी। प्रदीप की तीखी नज़रों ने उस फ़ाइल के हर पन्ने को ग़ौर से पढ़ते हुए कहा-

"एक बात तो साफ़ है कि राहुल का ख़ून भी वैसे ही हालात में हुआ था जिन हालात में वर्धमान और उसके मैनेजर वासु का हुआ था। वैसे ही बॉडी चिरी हुई थी और उसके शरीर के पास भी हरे रंग का कोई ख़ुशबूदार पदार्थ पाया गया था। पर हैरानी की बात है उसके बाद कोई कार्यवाही नहीं हुई, बस पुलिस ने आनन फानन में उसकी गर्लफ्रेंड को पकड़ लिया जो उस वक़्त उसके साथ थी। उसे ६ महीने की सज़ा हो गयी और फिर उसे कोई सुबूत न मिलने की सूरत में छोड़ दिया गया।"

चौधरी- "आप कहना चाहते हैं कि असली ख़ूनी अभी भी फरार है?"

प्रदीप- "हाँ! इसीलिए तो वो और भी ख़ून कर रहा है.. और अगर हम उस तक जल्दी न पहुँचे तो शायद ये सिलसिला चलता रहेगा। चौधरी जी राहुल के घर वालों से पूछताछ करो और ख़ास कर उस लड़की से जिसे उसके क़त्ल के जुर्म में सज़ा हुई थी। शायद वो लड़की हमें कोई सुराग़ दे सके।" दलबीर भी प्रदीप की बात से सहमत था। लिहाज़ा उसने प्रदीप को आश्वासन देते हुए उससे कुछ दिनों की मोहलत माँगी।

उधर हवेली के पास जंगल में अभीर कीचड़ से बचता हुआ शमा को तलाशने की कोशिश कर रहा था। सूरज अब उग चुका था। वहाँ उसे एक चौकीदार का घर दिखा जो वीरान-सा घर था। उसने अंदर जाकर आवाज़ लगायी-

"चौहान जी! चौहान!" पर चिड़ियों के चहचाहने की आवाज़ के सिवाए कोई आवाज़ नहीं आ रही थी। वो थोड़ा आगे आया जहाँ से अब दूर बह रही नदी की आवाज़ सुनायी दे रही थी। तभी उसे झाड़ियों के झुरमुट के बीच में से एक कॉटेज दिखायी दी। जिसके बाहर एक स्कूटी खड़ी थी। हाँ यही हो सकता है शमा का घर, इसी ख़याल को मन में लिये वो झाड़ियों को सरकाता हुआ उस घर

की तरफ़ बढ़ चला। जैसे ही वो नज़दीक आया, उसके होश उड़ गये। वहाँ बड़ा अजीब-सा सामान धूप में सूख रहा था जैसे कि छोटी-छोटी खोपड़ियों की माला, तो कहीं जानवर की हड्डियाँ ड़ीं थीं, तो कहीं पक्षियों के पंख जो ख़ून से लिप्त थे। अभीर को समझने में देर नहीं लगी कि शमा का वास्ता ज़रूर जादू-टोने से है और उसके साथ जो भी हुआ उसमें शमा का लेना देना हो सकता था। उसने वहाँ पड़ा एक डंडा उठाया और धीरे से शमा की कॉटेज का दरवाज़ा खोल दिया। सामने एक बेड था जिस पर कई किताबें पड़ी थीं और साथ ही शमा के अंडर गारमेंट्स भी। बाथरूम से नहाने की आवाज़ आ रही थी, शायद शमा नहा रही थी। मौक़ा अच्छा था, वो उसके कमरे की छानबीन करने लगा। अचानक उसने एक ड्रॉर खोला, उसमें उसे हरे रंग के लैंस दिखायी दिये। अभीर का दिमाग़ चकराने लगा था। उसने शमा को पहली रात इन्हीं हरी आँखों में देखा था। अचानक उसे बाथरूम का दरवाज़ा खुलने की आवाज़ आयी, वो वहाँ बने परदे के पीछे छुप गया और परदे से झाँक कर देखा कि शमा एक पतली सी सफ़ेद साड़ी में लिपटी हुई बाहर आयी है। गीली साड़ी बदन से ऐसे चिपकी थी मानो आशिक़ हो रही थी शमा के बदन की और शमा बदन से टपकती बूँदों को देख इतरा रही थी। ऐसे लग रहा था कि शमा ने जानबूझकर अपने बदन से पानी नहीं पोंछा। वो यहाँ-तहाँ अपने बदन से टपकते पानी को ऐसे देखकर ख़ुश हो रही थी, मानो पानी की हर बूँद उसके सौंदर्य की तारीफ़ करती हुई जा रही हो। अचानक उसने खिड़की खोल दी और आँख बंद करके सूरज की किरण को अपने बदन पर पड़ने का आमंत्रण देने लगी। मानो सूरज के सामने वो पूर्ण समर्पण करने को उतारू थी। अभीर ने परदे के पीछे से झाँकते हुए देखा कि धूप की किरण से अब शमा के बदन की बनावट साफ़-साफ़ दिखायी दे रही थी। अचानक अभीर ने देखा कि शमा खिड़की की तरफ़ हाथ फैलाकर किसी को पुकार रही थी। अभीर चौंक गया कि अगले पल एक सफ़ेद कबूतर खिड़की से उड़कर अंदर आ गया और अपनी चोंच से शमा की साड़ी पकड़कर खींचने लगा और शमा ऐसे हँसकर अपनी साड़ी दबाने लगी, मानो उसका कोई प्रेमी उसके संग अठखेलियाँ कर रहा हो। अभीर परदे के पीछे छुपा यह अजीब-सा दृश्य देखकर हैरान था। उसकी हैरानी का ठिकाना तब ना रहा जब उसने देखा कि शमा की साड़ी का एक कोना पकड़कर वो कबूतर अपनीं चोंच से खींचने लगा और शमा हँसते हुए उसे यह करने दे रही थी। वो ऐसे घूमी कि उसकी साड़ी उतरकर नीचे गिर गयी। शमा

अब बिल्कुल निर्वस्त्र थी उसके बदन पर पानी की बूँदें उसके बदन की बनावट अनुसार अपनी जगह बना रही थीं और वो कबूतर अपने पंखों को फड़फड़ाता हुआ उन बूँदों को मोती की तरह चुग रहा था। जिससे शमा के पूरे बदन में गुदगुदी होने लगी थी और फिर बिस्तर पर लेटकर शमा ने समर्पण की मुद्रा में अपनी बाँहें फैला दीं और वो कबूतर उड़कर शमा के पेट पर बैठ गया। कबूतर धीरे-धीरे शमा की नाभी पर अपनी चोंच धीरे-धीरे घुमाने लगा और शमा आँख बंद करके अपने शरीर को ऊपर की ओर उठाने लगी मानो इस उत्साह में वो उड़ जाना चाहती हो। उसके शरीर उठाने से उसके वक्ष किसी पहाड़ की चोटी की तरह हवा में लहरा रहे थे और यह सब कुछ अभीर के सामने हो रहा था। शमा की हर साँस की आवाज़ के साथ अभीर उसके वक्षों को अपने सामने ऊपर नीचे होते देख रहा था। वो हैरान था ये अजीब-सा नज़ारा देखकर। एक लड़की का एक कबूतर से प्यार! ना उसने कभी सुना था न कभी पढ़ा था। बहुत अजीब था ये सब कुछ। अचानक अभीर ने पाया के शमा की आँख बंद हो गयी हैं, वो अपने दोनों हाथों से अपने वक्षों को कस रही थी और अभीर के कानों में शमा के उत्तेजित साँसों और कबूतर की गुटर-गूं के स्वर मिश्रित हो कर पड़ रहे थे। उसने हल्का-सा झाँक कर देखा कि वही सफ़ेद कबूतर अब शमा के पेट के पास बैठ कर अपने पंख फड़फडा रहा था, जैसे एक कबूतर अपनी कबूतरी के संग मैथुन करता है ये नज़ारा देख तो अभीर की आँखे फटी की फटी रह गयीं। यह कैसे मुमकिन था? ये देख उसे घृणा होने लगी थी। उसका सर चकराने लगा था। पर शमा की साँसें उसका उतावलापन इस बात की पुष्टि कर रहा था कि अभीर जो देख रहा है वो कोई स्वप्न या ख़याल नहीं था बल्कि हक़ीक़त थी जो उसके सामने घट रही थी। अब अभीर की उत्सुकता चरम पर थी। वो इस अनदेखे, अनजाने रहस्य की गहराई तक पहुँचना चाहता था। इस रहस्मयी लड़की जिसका नाम शमा था, उसका सच जानने को वो व्याकुल हो उठा। अचानक उसने देखा कि शमा ने अपने दाँतों में अपनी हथेली दबा दी वो चीख़ना चाहती थी और फिर शांत हो गयी। अचानक वो कबूतर अपने पंख फड़फड़ता हुआ खिड़की से बाहर उड़ गया। शमा ने उसे जाते हुए देखा उसके चेहरे पर एक तसल्ली भरे भाव थे। उसने अपने बालों को एक बार और निचोड़ा, वहाँ ज़मीन पर पड़ी अपनी गीली साड़ी खींची और लापरवाही से अपने बदन को ढँक के लेट गयी मानो वो इस क्रिया के बाद बहुत थक गयी हो।

अभीर ने देखा कि अब वो तृप्त थी। वो यह भी समझ गया था कि यह कोई साधारण लड़की नहीं है इसीलिए उसके हर सवाल का जवाब भी है। अभीर की उत्सुकता और क्रोध दोनों अब उबाल पर थे। वो नज़दीक जाकर इस अजीब-सी लड़की का चेहरा देखने लगा। अपने चहरे पर गर्म साँसें पाकर शमा घबराकर चौंक कर उठी तो पाया कि अभीर बिल्कुल उसके ऊपर था। शमा चिल्ला पाती कि एक हाथ से अभीर ने उसके होंट जकड़ लिये तो दूसरे हाथ से उसने शमा का हाथ पकड़कर उसकी पीठ के पीछे दबा दिया। शमा की आँखे फटी हुई थीं। उसका वक्ष अभीर के भार से दब रहे थे। शमा की आँख में डर से ज़्यादा सवाल था कि आख़िर अभीर चाहता क्या है? तभी अभीर ने शमा की गर्दन में अपना मज़बूत हाथ घुमा दिया और उसकी गर्दन पर अपने होंट रख दिये।

"आवाज़ मत करना नहीं तो यहीं दाँत गाड़ कर सारी ख़ूबसूरती ख़राब कर दूँगा" शमा अभीर के हाथ अपनी गर्दन से हटाना चाहती थी, परन्तु वो अपने शरीर पर अभीर की उत्तेजना को महसूस कर रही थी।

"इससे पहले तुम कुछ ऐसा कर बैठो अभीर जिसका तुम्हें बाद में पछतावा हो, मैं चाहती हूँ तुम अपने सवालों के जवाब जान लो।" अभीर हैरान था कि शमा कैसे जान गयी कि वो यहाँ अपने सवालों के जवाब लेने आया था। उसने अपनी पकड़ ढीली करते हुए शमा की आँख में आँख डालकर देखा। शमा ने ख़ुद को अभीर की पकड़ से छुड़वाने की कोशिश करते हुए कहा-

"यह सब कुछ सिर्फ़ और सिर्फ़ तुम्हारी पत्नी कमोलिका के लिए है। कोई भी ऐसी हरकत करके उसे अपमानित मत करना।" बात में दम था शमा की। अभीर ने झटके से शमा को छोड़ दिया।

"रुको मैं कपड़े पहनकर आती हूँ, फिर तुम्हारे हर सवाल का जवाब दूँगी।" कहकर अपनी गीली साड़ी उठाकर दूसरे कमरे में चली गयी। अभीर का उबाल अब कम हो चुका था, उसने भी जल्दी से अपनी शर्ट ठीक की और शमा का इंतज़ार करने लगा। कुछ पल बाद शमा बाहर आयी, उसने पीले रंग की प्रिंटेड स्कर्ट और उसी से मैच करता हुआ छोटा-सा ब्लाउज पहना हुआ था। नीचे ब्रा नहीं थी। शमा ने वहाँ पड़ा सिगरेट का पैकेट उठाया और अभीर को सिगरेट ऑफ़र की।

अभीर- "नहीं.. थैंक्स।" शमा ने भी उसे फ़ोर्स नहीं किया, सिगरेट सुलगा कर सोफे पर बैठ गयी।

"पूछो ..क्या जानना चाहते हो?" अभीर के सामने शमा बेबाक हो कर बैठी थी। अभीर ने देखा उसके उभरे वक्ष उसके पीले तंग ब्लाउज से तड़पकर बाहर आने को उतारू थे। शमा को कोई फ़र्क़ नहीं पड़ रहा था। क्योंकि अभीर ने तो उसे पूरी नग्न अवस्था में देखा और महसूस भी कर लिया था। वो जान गयी थी कि वो अभीर को कंट्रोल कर सकती है, उसने फिर से अभीर का ध्यान तोड़ते हुए पूछा-

"बोलो किसलिए आये थे मुझे ढूँढ़ते हुए?" अभीर उसके सामने स्टूल लेकर बैठ गया।

"कौन हो तुम, इतनी ख़ूबसूरत, इतनी विचित्र? क्या वो तुम थीं जो मेरे साथ रात को ...आई मीन..कमोलिका के रूप में मेरे बिस्तर पर...?" एक ही साँस में मानो उसने हर सवाल को शमा के सामने रख दिया। शमा ने सिगरेट का कश लेते हुए कहा-

"मैं कौन हूँ? मैं इतनी विचित्र क्यों हूँ? यह जानने के लिए तुम्हें काफ़ी वक़्त चाहिए!" अभीर को लगा जैसे शमा उसके साथ कोई गेम खेल रही है, उसने शमा की बाज़ू ज़ोर से पकड़ ली।

"यह मत सोचना कि मैंने तुम्हें छोड़ दिया तो मैं कमज़ोर हूँ! तुम क्या हो यह तो मुझे दिख गया है। मैं तुम्हें सिर्फ़ इतना समझाना चाहता हूँ कि तुम रात को मेरी पत्नी कमोलिका का रूप बदलकर जो भी करके गयी हो न.. उसके लिए तुम्हें रूप बदलने की ज़रूरत नहीं। मैं तुम्हारी प्यास वैसे ही...." इतना सुनते ही शमा ने अभीर का हाथ झटक दिया।

"कल रात जो तुम्हारी पत्नी का रूप लेकर तुहारे साथ थी वो मैं नहीं अनारकली थी!"

'अनारकली!' यह नाम सुनकर अभीर हैरान था। मानो अब वो जानना चाहता था कि यह अनारकली कौन है और शमा इतने विश्वास के साथ कैसे कह रही है। शमा का पलड़ा अब भारी था।

"हाँ ठीक कहा तुमने अभीर, तुम्हें पाने के लिए मुझे रूप बदलने की ज़रूरत नहीं... क्योंकि तुम एक आम इंसान हो.." कहते हुए मुस्कुराने लगी मानो अभीर को साफ़ संकेत देना चाहती थी कि यह काम उसके लिए कितना आसान है। अभीर की आँख में सवाल अपने आकार बड़ा करते जा रहे थे।

"तो फिर यह अनारकली कौन है? और मेरे बेडरूम में कैसे आयी वो भी मेरी पत्नी का रूप लेकर ?" शमा ने अभीर की बात काटते हुए कहा-

"मना किया था मैंने कि अपनी पत्नी के साथ जो भी करना बंद कमरे में करना..पर तुम?" अभीर ने भी उसी अंदाज़ से शमा को टोकते हुए फिर पूछ लिया-

"मैं अपनी पत्नी के साथ क्या, कब और कहाँ करूँ, यह समझाने वाली तुम कौन हो? वो पूरी की पूरी हवेली मेरी है, सौदा कर लिया है मैंने उसका! इस लिहाज़ से तुम तो मुझे मत सिखाओ कि मुझे क्या करना है। सिर्फ़ इतना बताओ यह अनारकली का क्या चक्कर है? कौन है यह अनारकली?" कहते हुए उसने अपना हाथ शमा की गर्दन पर रख दिया। पर शमा अभीर की मासूमियत को देखकर मुस्कुरा रही थी।

"जवाब दो वरना.. काट खाऊँगा।" कहते हुए वो अपने होंट शमा की गर्दन के पास ले आया और शमा ने गर्दन घूमा ली। अचानक उसने पाया कि उसके दरवाज़े पर कमोलिका खड़ी थी। उसके सामने शमा की छोटी, ड्रेस जो उसके काँधे से लटक रही थी और अभीर के होंट उसके गालों के पास और उसकी ललचाई आँखें उसे देख रही थीं। काफ़ी था इतना कमोलिका के क्रोध को भड़काने के लिए। अभीर कुछ कह पाता कि कमोलिका वहाँ से चली गयी। शमा ने अपनी सिगरेट बुझाते हुए कहा-

"जाओ अभीर कुछ भी जानने से पहले अपनी पत्नी की ग़लतफ़हमी दूर करो। क्यूँकि उसका विश्वास और प्यार ही है जो तुम्हारे हर सवाल का जवाब देगा और तुम्हें बुरी नज़र से बचाएगा जाओ। वक़्त बर्बाद मत करो।"

"पर?" अभीर को उसके सवालों का जवाब अभी भी नहीं मिला था।

"जाओ अभीर जाओ तुम्हें हर सवाल का जवाब यहाँ नहीं, हवेली में मिलेगा।" कहते हुए शमा ने अभीर को बाहर का रास्ता दिखा दिया। अभीर अब तक समझ गया था कि शमा कोई साधारण लड़की नहीं है। जाने से पहले उसने एक बार मुड़ कर शमा को देखा।

"तुम्हारी जैसी लड़की जो कबूतर के संग मोहब्बत कर सकती है वो एक नॉर्मल लड़की तो नहीं हो सकती!" अभीर ने इसके आगे शमा से बात करना उचित नहीं समझा और वहाँ से निकल गया और शमा ने एक और सिगरेट निकालकर जला ली। सिगरेट का कश लेकर अभीर को अपने घर से दूर जाते देख रही थी। उसने अपना चेहरा ऊपर करके आख़िरी धुआँ छोड़ा जो धीरे-धीरे हरे रंग में बदलने लगा और वही कबूतर शमा के काँधे पर फिर से आकर बैठ

गया।

अभीर अब जानता था कि हवेली में अब वातावरण गरम हो चुका था। क्योंकि कमोलिका ने अभीर को शमा के संग देख लिया था। कुछ और समझने से पहले उसे अपने और कमोलिका के रिश्ते को सँभालना था। वो हाँफता हुआ हवेली की तरफ़ भाग रहा था। उसने भागते-भागते अपने साले विक्की को फ़ोन लगाया। दूसरी ओर विक्की अपने आलीशान ऑफ़िस में किसी मीटिंग में था, जहाँ वो नये होटल के प्रोजेक्ट पर अपने स्टाफ़ के साथ चर्चा कर रहा था। फ़ोन की घंटी बजते ही उसने अभीर का फ़ोन उठा लिया।

विक्की- "हाँ जी, जीजा जी कैसा लग रहा है मुग़लई माहौल? शहंशाहों जैसी फ़ीलिंग आ रही है न? और यह आप हाँफ क्यों रहे हैं?" अभीर ने विक्की की बात काटते हुए कहा-

"सुन विक्की यहाँ कुछ गड़बड़ हो गयी है... आई मीन.. वो तेरी बहन ने मुझे एक लड़की के साथ देख लिया.. मतलब ऐसा कुछ नहीं था.. बस.." विक्की अभीर की बात सुनते ही एक ठहाका लगाते हुए साइड में आ गया और अभीर को छेड़ने वाले अंदाज़ में बोला-

"क्यों, कोई कनीज़ या मुग़लई नर्तकी मिल गयी है?" अभीर विक्की की बात सुनकर चौंक गया कि इसे कैसे पता चला? पर वो जानता था कि यह विक्की के मज़ाक़ करने का अंदाज़ है।

"नहीं विक्की मुझे यहाँ कुछ गड़बड़ लग रही है। हमें यह हवेली ख़रीदने का आइडिया ड्रॉप कर देना चाहिए।" इतना सुन विक्की थोड़ा सीरियस हो गया।

"अजीब-सी बातें कर रहे हैं आप! इतनी मुश्किलों से यह डील करवाई है मैंने। पता है देहली, मुबई से बड़े-बड़े लोग इस हवेली पर नज़र गढ़ाए बैठे थे। उनके नाक के नीचे से यह डील निकाल कर लाया हूँ...और वैसे भी पुलिस वर्धमान मर्डर केस की छान-बीन कर रही है, पता नहीं कितने दिन लगें। तब तक हम यह डील वैसे भी नहीं कैंसल कर सकते। आई मीन जब तक वर्धमान के बेटे लन्दन से यहाँ नहीं पहुँच जाते। बस-बस जो हुआ उसे सीरियसली मत लीजिये आप मेरी बात कमोलिका से करवाइये, मैं उसे समझाता हूँ और ज़रूरत पड़े तो मैं वहाँ आ जाऊँगा पर आप उस हवेली से नहीं निकलेंगे, समझ रहे हैं आप?" विक्की की बातों में एक ऑथोरिटी थी, जिसके आगे अभीर कुछ बोल नहीं पाया।

"हाँ मैं जाकर समझाता हूँ कमोलिका को।" कहते हुए अभीर ने अपना फ़ोन ऑफ़ किया और अपने दिमाग़ में योजना बनाता हुआ हवेली की तरफ़ बढ़ चला कि कमोलिका को कैसे समझायेगा?

हवेली में पहुँचते ही उसने कमोलिका का नाम पुकारना शुरू कर दिया।

"कमोलिका! कमोलिका!" वो हॉल से होता हुआ बेडरूम की तरफ़ भागा। वो यह देख नहीं पाया कि ऊपर तस्वीर में से नर्तकी ग़ायब थी..... अभीर कमोलिका का नाम पुकारता हुआ जैसे ही बेडरूम में पहुँचा तो देखकर हैरान रह गया। कमोलिका ग़ुस्से में अपना बैग पैक कर रही थी। उसकी पीठ अभीर की तरफ़ थी। अभीर को इस बात की कल्पना करने में मुश्किल नहीं हुई कि कमोलिका के चहरे के भाव कैसे होंगे। पर वो बात को सँभालना चाहता था। हिचकिचाते हुए उसने कहा-

"कमोलिका तुम जैसे समझ रही हो वैसा कुछ भी नहीं है। मैं तुम्हें सब समझाता हूँ.. देखो ऐसे ही आवेश में आकर कोई गलत क़दम मत उठाना।" पर कमोलिका उसकी बात का कोई जवाब नहीं दे रही थी। अभीर ने आगे कहा, "ठीक है अगर तुम चाहती हो तो हम यहाँ से चलते हैं। चलो मैं भी अपना बैग पैक कर लेता हूँ।" कहते हुए वो जैसे ही अपना बैग उठाने के लिए बढ़ा उसने पाया कि कमोलिका के चहरे के पीछे से हरे रंग का धुआँ निकलने लगा है जो उड़ कर उसके बालों के पीछे घूम रहा था। मानो कमोलिका कोई बहुत बड़ा सिगार पी रही हो और उससे हरे रंग का धुआँ निकल रहा है। अभीर यह नज़ारा देख कर हैरान था। उसने हिचकिचाते स्वर में कमोलिका को आवाज़ दी।

"कमोलिका?" पर उसके होश उड़ गये जब कमोलिका ने पलटकर उसकी तरफ़ देखा। कमोलिका की आँखें क्रोध से चड़ी हुई थीं और उसके चेहरे के पीछे हरे रंग के धुएँ के बादल से छाए हुए थे।

"कमोलिका... यह?? यह??? क्या हो गया तुम्हें?" अब उसकी आवाज़ में घबराहट थी। अचानक कमोलिका ने अपने मुँह से एक अजीब-सी आवाज़ निकालनी शुरू कर दी। वो मोटी-सी आवाज़ में गुर्रा रही थी।

"कहीं नहीं जायेगा कोई.." उसने वहीं खड़े-खड़े अपनी बाज़ू लम्बी की और अभीर का गला पकड़ लिया। अभीर छटपटा रहा था और कमोलिका ने गुर्राते हुए उसे हवा में उठा दिया अभीर का दम घुटने लगा।

अभीर समझ गया कि कमोलिका उसके शमा के पास जाने से नाराज़ थी।

पर कमोलिका नॉर्मल नहीं थी। उसकी आँखें क्रोध से भरी थीं और उसका शरीर एक विचित्र आकार ले चुका था। अचानक एक आवाज़ ने अभीर को चौंका दिया-

"साहब? साहब? कहाँ हैं आप?" यह चौहान की आवाज़ थी। चौहान की आवाज़ सुनते ही कमोलिका ने झटके से अभीर को नीचे छोड़ दिया और बिस्तर पर निढाल-सी लेट गयी। अब उसके आसपास मंडराता हुआ हरे रंग का धुआँ अचानक ग़ायब हो गया था। अभीर कुछ समझ पाता उसने देखा कि चौहान दरवाज़े के पास हाथ जोड़कर खड़ा मुस्कुरा रहा था।

"मैं पूछने आया था कि नाश्ते में क्या लेंगे? मैं अंडे, चिकन, ब्रेड, मक्खन सब ले आया हूँ।" अभीर, जो अभी-अभी एक डरावने स्वप्न से बाहर आया था, उसे समझ नहीं आ रहा था कि वो चौहान से क्या बात करे। उसके लिए इस वक़्त कमोलिका सबसे बढ़ा चिंता का विषय थी। उसने कहा-

"अभी मैडम सो रही हैं मैं बताता हूँ।" चौहान मुस्कुराकर बाहर चला गया। अभीर देख रहा था कि कमोलिका अभी भी निढाल-सी बिस्तर पर सो रही है। कितनी मासूम और ख़ूबसूरत लग रही है। पर कुछ देर पहले क्या हुआ था उसे? वो इन सवालों को अपने दिमाग़ में समेटे कमोलिका के पास बैठ गया।

कुछ देर पहले जो कुछ इस कमरे में घटा था उसकी वजह से कमोलिका का वस्त्र अस्त-व्यस्त हो गये थे। वो सोते हुए भी इतनी ख़ूबसूरत लग रही थी कि अभीर कमोलिका की सुन्दरता को निहारते हुए यही सोचे जा रहा था कि कैसे उसकी इतनी ख़ूबसूरत बीवी एक ख़तरनाक रूप इख़्तियार कर सकती थी! और क्यों वो कह रही थी कि यहाँ से कोई नहीं जायेगा? यह उसका वहम तो नहीं हो सकता। कुछ तो हो रहा है उसके साथ जिसका जवाब सिर्फ़ शमा दे सकती है। हाँ शमा! अब तो उसके लिए शमा से मिलना और भी ज़रूरी हो गया था क्योंकि बात अब उसकी नहीं बल्कि उसकी पत्नी कमोलिका की ज़िन्दगी की थी। उसने कमोलिका के बदन को एक चादर से ढँक दिया और उसका माथा चूमकर बाहर निकल गया। जाते-जाते उसने एक बार कमोलिका को नज़र भर के देखा वो अभी भी सो रही थी। उसने दरवाज़ा बंद कर दिया।

अब वो हॉल से गुज़रकर किचन की तरफ़ बढ़ चला, वो एक बार फिर नहीं जान पाया कि उसके ऊपर लगी तस्वीर में अब नर्तकी थी। यानी कुछ देर पहले जो कमोलिका ने अभीर के साथ किया वो कमोलिका नहीं थी कोई और थी

पर कौन?। ऐसे सवालों को सोचते हुए किचन की तरफ़ बढ़ चला। जैसे ही वो किचन की तरफ़ बढ़ रहा था उसे किचन में से खट-खट की आवाज़ आने लगी। वो दबे पाँव किचन की तरफ़ चल पढ़ा। किचन के दरवाज़े से उसने झाँक कर देखा कि चौहान एक अजीब से अंदाज़ से चिकन के छोटे-छोटे पीस कर रहा था। अभीर को देखते ही चौहान ने पूछा-

"खाने में चिकन तो खा लेंगे न?" अभीर 'हाँ' में सर हिलाते हुए चौहान के नज़दीक जा पहुँचा।

"चौहान जी आप कबसे हैं इस हवेली में?" चौहान ने इस सवाल पर अभीर को नज़र भर देखा फिर चिकन काटने लगा।

"बचपन से। हमारे बाप-दादा मुग़लों के समय से इस हवेली में सेवा करते आये हैं।" चौहान ने बेपरवाही से जवाब दिया। अभीर की उत्सुकता बढ़ रही थी।

"कुछ अजी- सा होता है इस हवेली में?... मेरा मतलब कभी आपने महसूस किया हो?" चौहान ने चिकन के टुकड़े धोते हुए जवाब दिया, "साहब हम तो नौकर आदमी हैं, वर्धमान साहब के जो भी गेस्ट आते हैं उनकी ज़रूरतें पूरी करके घर चले जाते हैं। वैसे किस बारे में जानना चाहते हैं आप? अगर आपको हवेली पसंद नहीं तो मत ख़रीदिए, पर इसे बदनम मत कीजियेगा। क्योंकि हमारे पुरखों का पसीना लगा हुआ है इसकी सेवा में।" कहते हुए वो फिर से चिकन पकाने की प्रक्रिया में जुट गया।

अभीर कटे हुए चिकन को देख रहा था। वो समझ गया था कि चौहान के पास किसी बात का जवाब नहीं है या फिर वो इस विषय में बात नहीं करना चाहता। शमा! हाँ शमा के पास इन बातों का जवाब होगा। यह सोचकर उसने शमा के पास जाने की सोची।

अभीर- "चौहान जी आप नाश्ता बनाकर ढँक के चले जाना। मैडम जब उठेंगी तो मैं उन्हें खिला दूँगा।" और फिर वक़्त बर्बाद न करते हुए अभीर हवेली से बाहर निकला और दौड़ता हुआ शमा के घर की तरफ़ गया।

जैसे ही वो शमा के घर के बाहर पहुँचा उसने देखा कि उसका घर अब धूप में चमचमा रहा है चारों तरफ़ से हरे पेड़ों की छाया से उसके घर को ठंडक मिल रही थी। अचानक उसने देखा कि खिड़की से वही सफेद कबूतर घर के अंदर घुसा, अभीर वहीं रुक गया। वो अब इस राज़ को क़रीब से जानना चाहता था।

वो सरकता हुआ शमा के घर की खिड़की के पास पहुँचा। सर उठाकर उसने देखा तो फिर दंग रह गया। शमा अब बिल्कुल नग्न अवस्था में खिड़की के पास लेटी हुई थी। धूप की तेज़ धारा उसके शरीर को नहला रही थी और वही कबूतर उसके बदन पर उड़कर उसके संग अठखेलियाँ कर रहा था। अजीब-सी शय थी शमा। उसकी इन हरकतों को देखकर कोई कह नहीं सकता था कि ये कोई नॉर्मल लड़की होगी। हाँ यक़ीन हो चला था अभीर को कि कुछ तो विचित्र बात है शमा में और इसीलिए उसके हर सवाल का हल भी शमाके पास ही है। उसने इस बार शिष्टाचार का परिचय देते हुए दरवाज़े पर नॉक किया। दरवाज़े पर किसी को पाकर शमा खड़ी हुई और एक गाउन पहन लिया। उसने कबूतर को अपनी हथेली में लेकर एक बार चूमा और कबूतर खिड़की से बाहर उड़ गया। शमा जानती थी कि यह अभीर है, उसने अपना गाउन पहनते हुए कहा-

"आ जाओ अभीर.." अभीर हैरान था कि उसे कैसे पता चला कि वो आया है। जैसे वो अंदर गया, उसने देखा शमा बेबाक तरीक़े से अपना गाउन पहन रही है जैसे कि उसे अभीर के वहाँ होने से कोई फ़र्क़ नहीं पड़ता और ये बात अभीर को और विचिलित कर रही थी। अभीर वक़्त न बर्बाद करते हुए शमा के पास जा बैठा और एक तीखे सवालों को बौछार कर दी।

"कौन हो तुम? मेरी ज़िन्दगी से तुम्हारा क्या लेना देना है? मुझे हर बात का जवाब चाहिए?" वो आँखें गड़ाए शमा को देखे जा रहा था, पर शमा तो बस उसे देख कर मुस्कुरा रही थी, मानो जानती थी कि अभीर इन सवालों के साथ उसके पास आयेगा।

"ड्रिंक्स?" उसने पैग बनाते हुए उससे पूछ लिया। अभीर उसके पास जा कर खड़ा हो गया।

"मैने पूछा कौन हो तुम? जब से तुम मुझे मिली हो मेरी ज़िन्दगी में अजीब अजीब सी घटनाएँ घट रही हैं!" शमा ने बेपरवाही से सिप लेते हुए कहा-

"मेरी वजह से? बड़ी विचित्र बात है!!! मैं तो तुम्हें आज से पहले जानती भी नहीं थी।"

"यही तो विचित्र बात है कि मैंने तुम्हें आज से पहले कभी देखा भी नहीं था, पर तुम्हारी वजह से अचानक मेरी ज़िन्दगी उथल-पुथल हो गयी है।" अब अभीर की बात में कड़कपन था। उसने आगे कहा-

"न तुम्हें ढंग से कपड़े पहने का सलीक़ा है और ना ही इस बात की

परवाह!!! किसी के सामने भी.. ऐसे ही कपड़े उतार देती हो?"

शमा- "हद में रहो अभीर! पर्सनल होने की कोशिश मत करो। मैं कपड़े पहनती हूँ कि नहीं पहनती... इट्स नन ऑफ़ योर बिसनेस। अभीर ने उसी स्वर में जवाब देते हुए कहा-

"हाँ इट्स नन ऑफ़ माय बिज़नस बट.. जब से तुम मेरी ज़िन्दगी में आयी हो सब कुछ उल्टा-पुल्टा हो रहा है और तुम क्या हो इसका प्रमाण मैं देख चुका हूँ.. एक लड़की जो कबूतर के साथ संभोग कर सकती है, वो या तो अव्वल दर्जे की पागल है या फिर कोई मायावी और मेरी ज़िन्दगी में दोनों तरह के लोगों के लिए जगह नहीं है।" अभीर की बात काटते हुए वो ज़ोर से चिल्ल्लाई-

"शट अप अभीर .. न मैं एब्नार्मल हूँ न ही मायावी। वो कबूतर मेरा लवर है राहुल।" 'राहुल!' इतना सुनकर अभीर के होश उड़ गये। अभीर की उत्सुकता को शांत करने के लिए शमा ने आगे जो बताया उसे सुनकर तो अभीर को अपने कानों पर यक़ीन नहीं हो रहा था। शमा ने अपनी कहानी बयान करनी शुरू की-

"बात १ साल पुरानी है। तुम्हारी तरह मैं और राहुल भी इस हवेली में कुछ दिन बिताने आये थे। कुछ नहीं जानते थे हम इस हवेली के बारे में, पर हवेली को देखकर राहुल ने फ़ैसला किया कि वो ये हवेली मेरे लिए ख़रीदेगा। बहुत चाहता था राहुल मुझे। दीवाना था मेरा। दिन-रात बस एक ही काम.. मेरे सौन्दर्य की पूजा। वो अक्सर कहता था कि मेरे बदन को ऊपर वाले ने फ़ुर्सत से तराशा है सिर्फ़ उसके लिए, तो फिर मैं उस ख़ुदा की नेमत को कपड़ों से ढँक के क्यों रखती हूँ? पहले शर्म मिटी, तो प्यार बढ़ा और राहुल की छुअन में विश्वास। मेरे अंग-अंग पे उसकी छुअन मुझे मेरी ख़ूबसूरती का एहसास दिलाती थी। बस धीरे-धीरे कपड़ों का मोह ही जाता रहा। हम प्यार में इतने खो गये कि इस हवेली के क़ायदे-क़ानून भूल गये। जहाँ भी जगह मिलती हम मोहब्बत करने लगते। हवेली का हर इक कोना प्यार से भरा हुआ है। पर यह नहीं जानते थे कि हवेली के हॉल में मोहब्बत करना गुनाह था।" अभीर आँखे फाड़े शमा की इस कहानी को सुन रहा था। शमा ने आगे बढ़कर एक और पैग बनाया और अभीर के हाथ में थमा दिया। अभीर ने भी सहमति दिखाते हुए शमा से पैग पकड़ लिया।

शमा- "वो रात आज भी मुझे याद है वो चाँदनी रात थी। पूरा हॉल चाँद की रौशनी से ऐसा जगमगा रहा था मानो पूरी कायनात हमारी मोहब्बत की गवाह बनने जा रही थी। बहुत रोमांटिक शाम थी वो। कितना हैंड्सम था राहुल। जिम

जाता था वो, परफ़ेक्ट वी शेप बनती थी उसकी पीठ पर। वो यह सब मुझे प्यार करने के लिए तो करता था। उस रात भी ऐसा ही हुआ, मैंने जाकर उसकी पीठ पर हाथ फेरना शुरू किया कि मेरा स्पर्श पाते ही उसने मुझे अपनी बाँहों में पीछे से जकड़ लिया। उसके बदन की गर्मी मेरे बदन में समाने लगी थी और उसकी साँसें मेरी गर्दन पर अपना परिचय देने लगीं और फिर धीरे-धीरे मैं उसकी उत्तेजना को अपने पीछे महसूस कर रही थी।" उसने अभीर की आँखों में सवाल पढ़ते हुए कहा, "हाँ अभीर तुम्हारे लिए हर पल को विस्तार से जानना ज़रूरी है। क्योंकि ये कहानी इसी यौन क्रिया से जुड़ी हुई है और मुझे ये सब बताने में शर्म नहीं, क्योंकि जब भी उस हॉल में ऐसा कुछ होता है तो सिर्फ़ दो प्यार करने वाले ही उत्तेजित नहीं होते पर कोई तीसरा भी उनके साथ उसी तरह उत्तेजित होता है। उस दिन भी ऐसा ही हुआ। मैं और राहुल प्रेम के इस सफ़र पर चल पड़े थे। देखते-देखते हम दोनों ही निर्वस्त्र हो गये। राहुल बेतहाशा मुझे पीछे से प्यार करने लगा था। उसने अपने दोनों हाथों से मेरे वक्षों को अपनी मुट्ठी में समेट रखा था, जिन्हें वो ज़ोर से मसल रहा था। बस एक ही आवाज़ उसकी मेरे कानों में गूँज रही थी। आई लव यू शमा। मरने के बाद भी तुमसे ऐसे ही मोहब्बत करूँगा कि अचानक लाइट चली गयी। राहुल हैरान हुआ पर मैंने उसके हाथ कसकर पकड़ लिया। राहुल देखना चाहता था कि बिजली कैसे गुल हो गयी, पर मैंने उसके हाथ पकड़कर उसे रोकते हुए कहा राहुल रुको नहीं, जी भर के प्यार करो मुझे। राहुल ने मुझे पीछे से दबोच लिया, वो मुझे अपनी और खींच कर अपने में समा लेना चाहता था। अँधेरा इतना था कि कुछ दिखायी नहीं दे रहा था पर मैं उसकी उत्तेजना को अपनी जाँघों पे महसूस कर रही थी। सब ठीक चल रहा था बस एक गलती हो गयी, यह सबकुछ हॉल में हो रहा था। जहाँ वो शहज़ादे और नर्तकी की तस्वीर लगी हुई हैं। अचानक मेरी नज़र उस तस्वीर में नर्तकी से मिल गयी। जिस पर रह-रहकर बाहर से रौशनी पड़ रही थी। न जाने क्यों ऐसा लगा कि नर्तकी मुझे घूर रही थी। जैसे मुझे किसी बात के लिए आगाह करना चाहती हो। पर मैं इस बात को नज़रअंदाज़ करके सिर्फ़ राहुल को सुख देना चाहती थी। लिहाज़ा मैंने उत्तेजना भरी आहें राहुल के लिए बिखेर दीं। पर पता नहीं क्यों मेरी नज़र नर्तकी की तस्वीर से हट नहीं रही थी। मुझे झटका तब लगा जब मैंने पाया कि तस्वीर में वो नर्तकी भी उत्तेजित हो रही थी। हाँ वो जीवित हो गयी थी। बिल्कुल मेरी तरह उसकी भी साँसें बढ़ने लगीं और उसके आसपास एक हरा-सा

धुआँ छाने लगा। मैं राहुल को रोक कर यह सब बताना चाहती थी पर राहुल अब सब्र की सीमा लाँघ चुका था। वो तो मुझमें समाने का रास्ता खोजने में व्यस्त था। उसने मुझे अपने सामने झुका दिया वो मुझ पर पीछे से प्रेम वार करना चाहता था। मेरे पीछे क्या हो रहा था मैं देख नहीं पा रही थी कि अचानक वो हरा धुआँ मेरे चेहरे पर छाने लगा और ना जाने मुझे क्या हुआ मुझे ऐसा लगा कि मेरे शरीर में कोई और भी है जो मुझसे भी ज़्यादा ताक़तवर और उत्तेजित था। शायद वो नर्तकी मुझमें समा चुकी थी। मुझे लगा कि वो राहुल के संग वो सुख भोगना चाहती थी जिसकी मैं हक़दार थी। मुझे न जाने क्या हुआ मैं राहुल को दीवार के साथ धकेलकर उसे अपनी कमर से ज़ोर-ज़ोर से धक्का देने लगी। जिससे मझे तो आनंद मिल रहा था पर राहुल की कमर और पीठ दीवार से टकरा-टकरा कर ज़ख़्मी हो रही थी। राहुल भी मुझमें इतनी शक्ति देखकर दंग था, पर मैं उसे समझा नहीं पायी कि यह सब मेरे वश में नहीं था। अचानक ना जाने क्या हुआ, राहुल ज़ोर से चीख़ने लगा और मैं उसकी चीख़ सुनने के लिए रुकी नहीं बस उसे धकेलती रही धकेलती रही।" कहते-कहते शमा की आँख भर आयीं। उसने इस दर्द को महसूस करते हुए आगे बताया, "अचानक मेरी टाँगों पे ख़ून की धारा बहने लगी, मैं जानती थी कि यह ख़ून राहुल का है। वो ज़ख़्मी हो चुका था। पर मैं चाहकर भी रुक नहीं पा रही थी, या यूँ कहूँ कोई अजीब-सी शक्ति जो मेरे भीतर थी, मुझे रुकने नहीं दे रही थी। राहुल मुझे रुकने के लिए कहे जा रहा था। 'बस करो शमा दर्द हो रही है, बस करो शमा' पर मैं रुकी नहीं.. और तब तक जब तक उसने आख़िरी साँस नहीं ली।" कहते-कहते शमा रो पड़ी। वो ज़ोर-ज़ोर से रोये जा रही थी। बस यही कहे जा रही थी-

"वो मुझे कहता रहा कि उसे दर्द हो रही है और मैं उसे दर्द देती रही।" अभीर कुछ देर शमा को देखता रहा जो आँसू पोंछकर एक और पैग बनाने लगी।

अभीर- "फिर क्या हुआ तुमने पुलिस में रिपोर्ट?" शमा ने 'ना' में गर्दन हिला कर कहा, "कोई फ़ायदा नहीं हुआ। मैं जब तक पुलिस को लेकर आयी राहुल की लाश हवेली में नहीं थी। कुछ दिनों बाद दूर जंगल में उसकी लाश मिली, जो बीच में से चिरी हुई थी मानो किसी मज़बूत हाथों ने उसकी दोनों टाँगों को पकड़कर चीर दिया हो। किसी ने मेरी कहानी पर यक़ीन नहीं किया। राहुल के घरवाले समझते थे कि मैंने राहुल को मार दिया। उन्होंने मुझ पर केस कर दिया।

पर कुछ साबित नहीं कर पाए। ६ महीने की सज़ा मिली फिर मैं रिहा हो गयी।" अभीर ने एक तंज़ भरी मुस्कराहट बिखेरते हुए कहा-

"तुम्हें क्या लगता है कि तुम मुझे ऐसी कोई अश्लील कहानी सुनाकर गुमराह कर दोगी?" "इसमें अश्लीलता नहीं है अभीर, ये प्यार और सेक्स से जुड़ी एक मर्डर मिस्ट्री है जो आज तक सौल्व नहीं हुई है। जिसकी सच्चाई तक मैं आज भी पहुँचने की कोशिश कर रही हूँ.. यह देखो।" कहते हुए वो राहुल को टेबल पर ले गयी जहाँ कई किताबें पड़ी थीं।

"इतना तो मुझे समाझ आ गया था कि यह किसी ऊपरी शक्ति का खेल है। बेशक मैं इन बातों में विश्वास नहीं करती थी, पर राहुल को खोने के बाद मैंने तंत्र-मंत्र की विद्या में सिद्धि हासिल की और अनारकली की सारी कहानी मेरे सामने आ गयी।" "कैसी कहानी?" राहुल ने उत्सुकता से पूछा। उसके बाद शमा ने जो राहुल को बताया उसने उसे चौंका दिया-

"वो हॉल में जो तुम तस्वीर देखते हो वो शहज़ादे वाहिद ख़ान की है जो कभी इस हवेली का मालिक था। उसे अनारकली नाम की एक नर्तकी से मोहब्बत हो गयी। वाहिद ख़ान के वालिद नहीं चाहते थे कि वाहिद एक नर्तकी से शादी करे। पर वाहिद ने अपने पिता के फ़ैसले के विरुद्ध जाकर अनारकली से शादी कर ली। वाहिद का मानना था कि एक बार वो और अनारकली शादी कर लें, फिर उन्हें कोई अलग नहीं कर पायेगा। और फिर वो रात आयी जब वाहिद और अनारकली सुहाग की सेज पे थे, गायक ठुमरी की तान छेड़े हुए थे, और वाहिद और अनारकली अपने प्रेम के चरम पर थे। बस दुल्हन टूटने ही वाली थी कि तभी वाहिद के पिता ने अपने वज़ीर रूद्र को अपने सिपाहियों के संग यहाँ इस हवेली में भेजा और रूद्र ने वाहिद को बेहोश करके अनारकली का सबके सामने बलात्कार किया। एक बार नहीं बार-बार और फिर उसी अवस्था में ले जाकर उसे तहख़ाने में बंद कर दिया। जहाँ कुछ दिनों बाद भूखी, प्यासी, ज़ख़्मी अनारकली की मौत हो गयी। अनारकली का प्रेम अधूरा रह गया। वाहिद ख़ान ने बाद में ख़ुदकुशी कर ली। वाहिद के चाहने वालों ने फिर वाहिद ख़ान और अनारकली की तस्वीर उस दीवार पर लगा दी जो बरसों से उनके प्रेम का प्रतीक है।" अभीर के सामने एक नयी दुनिया का ख़ुलासा हो रहा था। वो हैरान था।

अभीर- "पर चौहान ने तो उन तस्वीरों के बारे में कुछ और ही बताया था!"

शमा- "वो उसका काम है, उसे जो बताया गया है वो वही तो बताएगा ना,

पर सच्चाई यह है।" "तुम यह सब कैसे जानती हो?" उसने शमा से पूछा।

शमा- "१ साल दिया है सब स्टडी करने के लिए, यह देखो।" कहते हुए उसने अभीर को कुछ दुर्लभ तस्वीरें दिखायीं जो अनारकली और वाहिद ख़ान की थीं और साथ में उनके संग जुड़ी कहानी की।

अभीर- "तो तुम्हारा मतलब है जो कमोलिका के अंदर आयी थी और एक साल पहले तुम्हारे अंदर...वो अनारकली है?"

शमा- "यक़ीन है मुझे।"

अभीर- "पर वो ऐसा क्यों कर रही है?"

शमा- "अपनी अधूरी प्यास को बुझाना चाहती है... तृप्ति की तलाश है उसे, जो उसे वाहिद से न मिल सकी.. उसके सामने अगर कोई प्रेम करता है तो बर्दाश्त नहीं कर पाती।"

अभीर- "क्यों?"

शमा- "शायद जलन... कि उसे अगर इस हवेली में उसका प्यार नहीं मिला तो फिर किसी और को क्यों मिले? शॉर्ट में कहूँ तो वो अपने सामने किसी को सेक्स के बारे में सोचता हुआ भी बर्दाश्त नहीं कर सकती, ख़ास कर उस हॉल में जहाँ उसका और वाहिद ख़ान का प्यार परवान चढ़ा था।"

अभीर ने एक लम्बी साँस लेते हुए कहा-

"तुम चाहती हो मैं तुम्हारी यह अनारकली वाली थ्योरी और यह राहुल और कबूतर वाली थ्योरी पर यक़ीन करूँ?"

शमा- "तुम्हारे पास कोई दूसरी थ्योरी है?" अभीर ने देखा कि अचानक कबूतर शमा के काँधे पर आकर बैठ गया।

शमा- "राहुल को भी मरने के बाद मैंने इसी विद्या से ढूँढ़ा। पहले नहीं यक़ीन करती थी मैं पुनर्जन्म में, पर इतना जान गयी हूँ कि एक बात तय है अगर किसी की प्रेम प्यास एक जन्म में अधूरी रह जाये तो उसकी आत्मा या तो कोई और रूप लेती है या भटकती रहती है जब तक उसकी तृप्ति न हो जाये।"

अभीर- "स्टॉप इट यार! यह कबूतर? जिसे तुम अपना प्रेमी राहुल बताती हो और वो अनारकली.. दोनों की सेक्स लाइफ़ असंतुष्ट रह गयी तो.. यह सब हो रहा है? है ना? राहुल को तुम तृप्त कर रही हो और अनारकली किसी और बीवियों की बॉडी में घुसकर उनके पति से सैटीसफ़ायिड हो रही है? तुम चाहती हो तुम्हारी इस बकवास पर मैं यक़ीन करूँ? कर भी लूँ तो यह बताओ मुझे, वो

अनारकली कमोलिका के जिस्म में आकर मेरे साथ संभोग करने की कोशिश कर रही थी, पर मुझे तो नहीं मारा उसने? हाँ? मैं तो ज़िन्दा हूँ? अब तुम कहोगी जब तक वो तृप्त न हो जाये वो मुझे ज़िन्दा रखेगी... है ना?" इतनी बात सुन कमोलिका की भौहें तन गयीं। उसका दिमाग़ चलने लगा। वो अभीर को घूरे जा रही थी।

अभीर- "क्या हुआ अब ऐसे क्यों देख रही हो?"

शमा- "होल्ड ओन अभीर.." उसने जल्दी से अपना मोबाइल लिया और अभीर की एक तस्वीर खींच ली।

अभीर- "ये क्या कर रही हो मेरी तस्वीर क्यों खींच रही हो?" शमा उसकी बात का जवाब नहीं देना चाहती थी। उसने अभीर की तस्वीर को अपने लैपटॉप पे डाउनलोड किया और फ़ोटो शॉप में जाकर उसके साथ कुछ करने लगी। अभीर ने देखा कि वो अपने लैपटॉप में कुछ पुरानी तस्वीरों का रेफरेंस ले रही थी। अभीर समझ गया कि इस पागल लड़की के साथ बात करना बेकार है। वो जाने को था कि शमा की आवाज़ ने उसे चौंका दिया।

"अनारकली का शहज़ादा लौट आया है अभीर.. यह देखो।" कहते हुए उसने अभीर के सामने अपना लैपटॉप कर दिया। अभीर देखकर दंग रह गया कि उसकी शक्ल हूबहू शहज़ादे वाहिद ख़ान से मिल रही थी।

शमा- "देखो अभीर तुम बिल्कुल वाहिद ख़ान हो।"

अभीर- "मतलब?"

शमा- "शायद अनारकली को इंतज़ार था कि एक दिन उसका प्यार वाहिद ख़ान लौटकर आयेगा और वो तुम्हारे रूप में आ गया है अभीर.. शायद इसीलिए उसने तुम्हें नहीं मारा, बख़्श दिया और वो तुम्हें कभी नहीं मारेगी अभीर... क्योंकि उसे तुमसे तृप्ति चाहिए जो बरसों पहले उसने अधूरी छोड़ दी थी।"

शमा ने अभीर को ये कहानी सुनाकर चौंका दिया था कि वो पिछले जन्म में वाहिद ख़ान था! अनारकली का प्यार और यह कि अनारकली वाहिद का इंतज़ार कर रही थी, जो अब उसे अभीर के रूप में मिल गया था। इसीलिए तो उसने उसे मारा नहीं। ऐसी हॉरर स्टोरीज़ उसने किताबों में पड़ीं थीं। उसे यक़ीन नहीं हो रहा था कि उसके साथ ऐसी घटना घट जायेगी और वो ऐसी किसी कहानी का पात्र बन जायेगा.. अभीर ने शमा से पूछ लिया-

"एक बार मैं मान भी लूँ कि मैं ही वाहिद ख़ान हूँ जिसे अनारकली से प्यार

था और यह भी कि अनारकली मुझे चाहती है, तो क्या वो मेरी कमोलिका को मुझसे छीन लेगी? मतलब उसकी ज़िन्दगी?" उसकी आवाज़ में कमोलिका के लिए प्यार और उसे खोने का डर साफ़ छलक रहा था। शमा ने हथेली बढ़ाकर उसके सामने हरे लैंस का डिब्बा कर दिया-

"यह कमोलिका को पहना दो, इससे अनारकली उसका कुछ नहीं बिगाड़ पायेगी।" अभीर ने वो हरे रंग के लेंसेस को अपने हाथों में लेते हुए देखा और समझ गया कि शमा क्यों हरे रंग के लैंस पहनती है।

"पर कमोलिका यह क्यों पहनेगी? वो तो वैसे भी अभी तक मुझसे नाराज़ होगी.. जो भी घटना घटी उसके बाद तो..." शमा ने पैकेट से एक सिगरेट निकलते हुए अभीर की तरफ़ देखा मानो उसके दिमाग़ में कोई सवाल चल रहा हो।

"तुम अभी जब कमोलिका के पास गये थे तो तुम्हारी उससे कोई बात नहीं हुई? या फिर वो सो गयी थी?" अभीर हैरान था कि शमा को कैसे पता कि कमोलिका सो गयी होगी।

अभीर- "नहीं मैंने उसे जब कहा कि हम यहाँ नहीं रुकेंगे तो उसके अंदर एक अजीब-सी शक्ति आ गयी थी। उसने मेरा गला पकड़ लिया। शायद वो अनारकली थी, जो नहीं चाहती थी कि मैं यहाँ से जाऊँ... और फिर चौहान आ गया और..उसके बाद कमोलिका ..." कहते हुए वो शमा को देखने लगा। अभीर की आँखों के सवाल को भली भांति समझ गयी थी शमा। उसने सिगरेट जलाते हुए कहा-

"अगर तो कमोलिका सो गयी थी, तो फिर उसे कुछ याद नहीं रहेगा कि उसका साथ क्या हुआ था।" यह बात उसने खिड़की की तरफ़ देखते हुए एक लम्बा कश लेते हुए कही। बेशक अभीर कमोलिका के इस तथ्य पर हैरान था पर उसे इसमें एक राहत भी दिख रही थी। उसने अपनी मुट्ठी बंद कर ली।

"मैं अभी जाकर देखता हूँ.... पर अब करना क्या है?

"कमोलिका को इतना प्यार देना है कि वो तुम्हरे प्यार की आदी हो जाये। अगर एडिक्ट शब्द का इस्तेमाल करूँ तो ग़लत नहीं होगा।"

अभीर- "मैं समझा नहीं.."

शमा- "देखो अभीर इतना तो तुम समझ ही गये हो कि अनारकली को तुम्हारे से सेक्सुयली संतुष्ट होना है। वो हर पल तुमसे तुम्हारा जिस्मानी प्यार पाने

की कोशिश करेगी। पर तुम्हें ये प्यार सिर्फ़ और सिर्फ़ कमोलिका को देना है।"

अभीर- "ये भी कोई कहने की बात है? मेरा रोम-रोम कमोलिका का है।"

शमा- "बिल्कुल सही, इसीलिए कह रही हूँ तुम्हें कमोलिका को अपने प्यार का... आई मीन, तुम जिस तरह से उसे प्यार करते हो उसकी सेक्स्युल नीड्स को पूरा करते हो। उसके तापमान को और बढ़ाना होगा। इतना कि कमोलिका तुम्हें हर पल पाने के लिए तरसे। इनक्रीज़ हर सेक्स्शुअल desires फ़ॉर यू। क्योंकि उसकी तुम्हारे प्रति यही चाहत तुम्हारे लिए कवच का काम करेगी।"

अभीर की आँख में नमी थी। मानो उसकी आँख से बहता हर आँसू यही कह रहा हो कि वो कमोलिका से किसी भी क़ीमत पर दूर नहीं जा सकता। शमा ने उसके काँधे पर हाथ रखते हुए कहा, "तुम हवेली पहुँचकर कमोलिका के संग थोड़ा वक़्त बिताओ मैं आती हूँ.. बाक़ी चिंता मत करो मुझसे जो बन पड़ेगा.. मैं करूँगी।"

अभीर सोच में डूब गया। ऐसे क़िस्से कहानियाँ उसने न कभी देखे थे न सुने थे और ये सब उसके साथ घट रहा था। अगर शमा की बात सही है तो, क्या अनारकली उसे अपना बनाने की कोशिश करेगी? क्या इसमें कमोलिका की जान को भी ख़तरा हो सकता है?

वो इन्हीं सवालों के जाल को अपने दिमाग़ में समेटे वहाँ से हवेली के लिए निकल गया।

***

अध्याय ४

उधर नोएडा में अब इंस्पेक्टर चौधरी ने प्रदीप को राहुल मर्डर केस का सारा लेखा-जोखा निकालकर दे दिया था कि राहुल की एक गर्लफ्रेंड थी शमा नाम था उसका। जिसके साथ वो एक साल पहले रामपुर वर्धमान हवेली गया था। वहीं तक़रीबन २० किलोमीटर दूर राहुल की लाश मिली थी। वर्धमान हवेली का नाम सुन कर प्रदीप चौंक पड़ा। यानी कि वर्धमान जिसकी मौत नोएडा के ५ सितारा होटल में हुई थी उसके कमरे से हरे रंग का पदार्थ का मिलना? राहुल की लाश के पास भी हरे रंग के पदार्थ का मिलना? इसका मतलब कि वर्धमान हवेली का इन मर्डरस के साथ गहरा सम्बन्ध है।

चौधरी- "तो क्या लगता है क्या करना चाहिए?"

प्रदीप- "वर्धमान हवेली की देख-रेख कौन करता है पता लगवाओ। हो सके तो उसे यहाँ बुलवाओ।" कहकर प्रदीप ने अपने परिचित अंदाज़ में सिगरेट निकाली और सूँघता हुआ वहाँ से निकल गया। उसके जाने के बाद चौधरी ने हवालदार से वर्धमान हवेली के केयर टेकर का फ़ोन नंबर निकालने के लिए कहा। ५ मिनट के अन्तराल में हवालदार ने वर्धमान हवेली के केयर टेकर चौहान का नंबर निकालकर इंस्पेक्टर चौधरी को दे दिया। चौधरी ने चौहान को फ़ोन लगा दिया। चौहान को जब चौधरी का फ़ोन आया तो वो डर गया। चौधरी ने तब उसे समाझाया कि डरने की कोई बात नहीं, उसे नोएडा आना होगा वर्धमान साहब के क़त्ल के बारे में कुछ पूछताछ करनी है। चौहान के पास मना करने का कोई कारण नहीं था।

इधर अभीर हवेली पहुँच चुका था। वो जैसे हवेली का मेन दरवाज़ा खोल कर अंदर पहुँचा उसने देखा चौहान बड़ी-सी डाइनिंग टेबल पर खाना सजा रहा था। अभीर को देखते ही चौहान ने कहा-

"साहब आप खाना खा लीजिये, मुझे नोएडा निकलना होगा ज़रूरी काम है।"

अभीर ने बेडरूम की तरफ़ झाँकते हुए पूछा-

"मैडम.. ने नाश्ता किया...?"

"साहब पता नहीं आप लोगों के बीच क्या हुआ है.. नाश्ता तो नहीं किया बस जब से आप गये हैं, तब से शराब पी रही हैं... अब आप आ गये हैं सँभालिये।

मैं चलता हूँ.. ज़रूरत पड़े तो माइक्रोवेव में खाना गरम कर लीजियेगा।" अभीर ने सिर्फ़ गर्दन हिलाकर उसे जाने की सहमती दे दी।

कमोलिका सुबह से शराब पी रही है, उसे इस बात की चिंता से ज़्यादा इस बात की तसल्ली थी कि वो सुरक्षित है। उसने नज़र उठाकर ऊपर अनारकली की तस्वीर को देखा जहाँ अनारकली अपने परिचित अंदाज़ में फ्रेम में थी और साथ में शहज़ादा वाहिद ख़ान। अब तो उसका इन दोनों तस्वीरों को देखने का अंदाज़ बदल चुका था। क्योंकि अब वो इन तस्वीरों का इतिहास जान चुका था, जो उसके साथ जुड़ा हुआ है। उसने अपनी मुट्ठी कसकर बंद कर ली जिसके अंदर हरे रंग के लेंस थे। वो क़दम बढ़ाकर बेडरूम में गया जहाँ उसके देखा कि एक वाइन की ख़ाली बोतल ज़मीन पर लुढ़की हुई थी और कमोलिका हाथ में एक गिलास लेकर बेड पर लेटी हुई थी जिसमें थोड़ी-सी वाइन बाक़ी थी।

अभीर को शमा की बातें याद आ रही थीं। कोमिलिका को बचाने के लिए उसे कमोलिका को ख़ूब प्यार करना है। जैसे वो कमोलिका की तरफ़ बढ़ रहा था, वो हर उस सवाल के लिए तैयार था जो कमोलिका उस पर दाग सकती थी। उसने चुपचाप जाकर पहले तो ज़मीन पर पड़ी बोतल उठायी। अभीर के क़दमों की अहाट सुनकर कमोलिका जाग गयी। अभीर ने मुड़कर देखा कि कमोलिका नशे में चूर है। उसने अभीर की वाइट शर्ट पहनी हुई थी। जो कमोलिका के लिए साइज़ में बड़ी थी। अभीर ने ग़ौर से देखा कमोलिका ने वाइट शर्ट के नीचे कुछ भी नहीं पहना हुआ था। वो लड़खड़ाते हुए बेड से उठने की कोशिश कर रही थी। जिसकी वजह से उसके गोरे वक्ष आपस में टकराने लगे, मानो वो भी अभीर से खफ़ा थे। जैसे तैसे कमोलिका लड़खड़ाती हुई खड़ी हुई तो अभीर ने पाया कि उसकी शर्ट का सिर्फ़ एक ही बटन बंद था। कमोलिका के शरीर की सुंदर बनावट काँधे से लेकर कमर तक साफ़ दिख रही थी। कमोलिका ने वाइन के गिलास को ऊपर उठाकर मुँह में लगा लिया। उसे इतनी चढ़ी हुई थी कि आधे से ज़्यादा वाइन कमोलिका के होंटों को छोड़कर उसकी गर्दन से होती हुई उसके वक्षों से दो-धारी धार बनकर गिरने लगी। अभीर एक पल के लिए सब कुछ भूल गया और कमोलिका के बदन पर बहती हुई वाइन की धार को देखने लगा जो उसकी आँखों को कमोलिका की ख़ूबसूरती के दर्शन करवा रही थी। अभीर के कानों में शमा की बातें घूमने लगी थीं कि उसे कमोलिका को इस तरह से प्यार करना है कि वो उससे और की डिमांड करे। अभीर अब तैयार था उसने

आगे बढ़ कर अपनी उँगली से कमोलिका के बायें स्तन के नीचे उस धार को रोक दिया। जो अब अभीर की उँगली से टकराकर कमोलिका की नाभी पर गिर रही थी। अभीर को लगा कि अभी कमोलिका नशे में है उसे कुछ याद नहीं और वैसे भी कमोलिका नशे में तो और भी निखर गयी थी। उसने झुक कर अपनी ज़ुबान कमोलिका की नाभी पर लगा दी और उस वाइन की धार को अपनी ज़ुबान से पीने लगा। उसकी ज़ुबान जैसे-जैसे कमोलिका की नाभी पर चल रही थी। कमोलिका को भी कुछ होने लगा। अचानक अभीर खड़ा हुआ उसने वहाँ पड़ी एक और वाइन की बोतल खोल डाली। अभीर ने धीरे से कमोलिका के कंधों से शर्ट को खिसका दिया और उस वाइन से कमोलिका के कंधों को नहलाने लगा। उसके बाद उसने शर्ट को नीचे गिरा दिया और उसके वक्षों को हाथ में लेकर उन्हें वाइन से नहलाने लगा। पहले बायाँ वक्ष, फिर दायाँ। बोतल का मुँह वक्ष बिंदु से बार-बार टकरा रहा था और वाइन वक्षों के उभार से होती हुई नीचे की ओर गिरने लगी। अब अभीर चाहता था कि कमोलिका उस प्रेम धारा का खुलकर आनंद ले। अभीर ने देखा के कमोलिका अपने गोरे वक्षों पर वाइन को मलते हुए इतरा रही है। अभीर कमोलिका को सोचने का मौक़ा नहीं देना चाहता था। उसके दिमाग़ में रह-रहकर शमा की बातें गूँज रही थीं। उसने अपनी जीभ निकालकर कमोलिका की नाभी के पास वाइन पीनी शुरू कर दी। कमोलिका को अब इस क्रिया में आनंद आने लगा था। कमोलिका ने भी अब अभीर के बालों को पकड़ कर अपनी नाभी पर जकड़ लिया। अब तो कमोलिका अभीर का मार्गदर्शन करने लगी कि उसे अपनी जीभ को कहाँ-कहाँ ले जाना है। अभीर कमोलिका के हर भाव का आदर करने लगा। क्यों ना हो, उसकी पत्नी थी वो। कमोलिका ने उसके बाल पकड़ कर ऊपर की ओर उसके सर को खींचा और अपने बायें वक्ष तक ले आयी। अभीर उसके वक्षों को पूरी तरह से मुँह में भर लिया मानो वो उन्हें निगल ही जायेगा। कमोलिका की साँसें बढ़ने लगीं, उसकी आँखें बंद थीं। अब अभीर स्वयं का मालिक बनना चाहता था। उसने वो एक बटन भी खोल दिया जो कमोलिका की शर्ट में बंद था। अभीर के सामने अब कमोलिका का पूरा नग्न बदन था जो वाइन की ख़ुशबू और स्वाद से लिप्त था। अब उसकी आहों की आवाज़ पूरे कमरे में गूँज रही थी कि अचानक कमोलिका खड़ी हुई और बिस्तर पर जाकर लेट गयी। यह आमंत्रण था अभीर के लिए। अभीर भी कमोलिका के ऊपर आ गया। कमोलिका अब बर्दाश्त नहीं कर पा रही थी। उसने अभीर की

पीठ पकड़कर उसे अपने ऊपर खींच लिया और कमोलिका के ऊपर आते ही अभीर ने निशाना साधा और कमोलिका के भीतर समा गया। एक हल्की-सी चीख़ निकली कमोलिका की, पर यह आनंदमयी थी। कमोलिका ने आँख बंद की और अभीर के संग इस प्रेम सफ़र पर दौड़ने लगी कि कुछ पल बाद दोनों को अपने भीतर एक आनंद मय विस्फोट का आभास हुआ और दोनों उस असीम सुख को प्राप्त हो गये।

अचानक अभीर निढाल होकर कमोलिका के बग़ल में लेट गया। उसने पलटकर देखा कमोलिका बिस्तर पर निढाल-सी सो रही है। खिड़की से आ रही दोपहर की धूप उसके बदन में एक चमक भर रही थी। अभीर ने लम्बी साँस ली और अपने कपड़े पहनने लगा। वो जानता था कि ये अभी बात ख़त्म नहीं हुई है। उसे शमा के कई सवालों के जवाब देने थे। उसने मुड़कर देखा कमोलिका खड़ी हो चुकी थी। अपनी शर्ट पहनते हुए वो एक टक अभीर को देखे जा रही थी। अभीर समझ गया था कि कमोलिका को होश आ चुका है और अब उसे उसके हर सवाल का जवाब देना है। वो हिम्मत करके कमोलिका के पास जाकर बैठ गया। उसकी शर्ट के बटन बंद करने लगा।

"यू वर वंडरफ़ुल टुडे.." अभीर भूमिका बाँध रहा था कि अचानक कमोलिका मुस्कुरा दी उसने आगे बढ़कर अभीर का गाल चूम लिया।

"तुमने भी आज कमाल कर दिया अभीर। वादा करो जीवन भर ऐसे ही अपना प्यार दोगे।" अभीर के चेहरे पर ख़ुशी से भरी एक मुस्कराहट छा गयी। जो अक्सर एक पति को अपनी पार्टनर को संतुष्ट करके मिलती है। एक पल के लिए कमोलिका के प्यार के सिवाए उसे कुछ याद नहीं था। पर अगले ही पल कमोलिका ने जो कहा वो सुनकर वो फिर से वास्तविकता में आ गया।

"अभीर मुझे ऐसा लगा कि हमारा यहाँ आना सफल हो गया। ज़िन्दगी में पहली बार इतना सुख मिला है। मुझे तो ऐसा लगता है यह हवेली हमारे लिए लकी है। बस अब किसी भी क़ीमत पर इसे ख़रीद लो।" कहते हुए उसने अभीर के गाल को एक बार फिर चूम लिया।

"आई लव यू" कहते हुए उसकी आँखें बंद होने लगीं। वाइन अब अपना असर दिखा रही थी। अभीर ने मुस्कुराकर उसके गाल चूमते हुए उसी अंदाज़ से कहा-

"आई लव यू" कहते हुए उसने कमोलिका को बिस्तर पर आराम से लेटा दिया और देखते-देखते कमोलिका को नींद आने लगी। कमोलिका ने भी बड़े प्यार से अभीर के हाथ को पकड़ा और अपने वक्षों के लिए उसका तकिया बना

कर सो गयी। अभीर ने भी अपने हाथ नहीं हटाये।

अभीर हैरान था कि सुबह कमोलिका ये हवेली छोड़ने की बात कर रही थी क्योंकि उसे उसके और शमा के रिश्ते को लेकर शक हो गया था और अब कमोलिका को कुछ भी याद नहीं था। वो तो यहाँ से जाना ही नहीं चाहती। हाँ ठीक कहा था शमा ने। इसका मतलब यह हो गया कि शमा की कही हर बात सही है! यानी कि वो पिछले जन्म का वाहिद ख़ान है और बाहर लगी तस्वीर में अनारकली उसका पुराना प्यार। यह सोच काफ़ी थी उसे याद दिलाने के लिए कि अभी ख़तरा टला नहीं है। जब तक अनारकली उसकी ज़िन्दगी में है, वो कमोलिका के संग ऐसी ज़िन्दगी नहीं बिता पायेगा। उसने आपनी पेंट की जेब से वो हरे लेंस निकाले जो उसे कमोलिका को एक सुरक्षा कवच बनाकर देने थे। पर उसके मन में यह भी सवाल उठा कि आज जब वो कमोलिका के संग था तो अनारकली क्यों नहीं आयी। हाँ शायद इसमें भी शमा सही थी कि वो हॉल में नहीं बेडरूम में कमोलिका के संग था। पर इस वक़्त अनारकली कहाँ होगी? ऐसे कई सवाल उमड़ रहे थे उसके मन में। पर अभीर के लिए इस समय अहम मुद्दा था कि वो किसी तरह अपनी गृहस्थी को बचाये।

और उधर नोएडा में चौहान इंस्पेक्टर चौधरी और प्रदीप के सामने बैठा था। चौधरी चौहान से वर्धमान के बारे में कई सवाल कर रहा था पर हर सवाल के जवाब में चौहान एक ही जवाब दिये जा रहा था।

चौहान- "साहब हमें कुछ नहीं पता, हम तो नौकर आदमी हैं। हवेली की देख-रेख करते हैं और उन मेहमानों की जो हवेली में आते हैं।" कि अचानक प्रदीप ने राहुल की तस्वीर चौहान के आगे रख दी-

"इसे पहचानते हो चौहान साहब?" चौहान ने राहुल की तस्वीर को ग़ौर से देखते हुए कहा-

"यह कौन है?.. वैस भी उम्र हो गयी है लोगों को कम ही याद रखता हूँ।"

प्रदीप- "एक साल पहले यह आपकी हवेली में अपनी गर्लफ्रेंड के साथ रहने के लिए आया था। रिकार्ड्स तो यही बताते हैं और ज़्यादा पुरानी बात नहीं पिछले साल की ही बात है।"

प्रदीप यह सवाल चौहान की आँख में आँख डालकर पूछ रहा था, जिससे चौहान के चेहरे पर पसीने आने लगे थे।

प्रदीप- "मैं आख़िरी बार पूछ रहा हूँ चौहान साहब, क्या आप इस आदमी

को पहचानते हैं?"

चौहान- "जी नहीं!" बस इतना सुनते ही प्रदीप ने अपना पूरा ज़ोर लगा कर चौहान की गुद्दी पर अपने हथेली मार दी और चौहान कुर्सी समेत नीचे गिर गया। प्रदीप की फुर्ती और ताक़त देख तो चौधरी भी एक बार को हैरान रह गया। प्रदीप ने चौहान को फिर से कुर्सी पर बैठाते हुए कहा-

"चौहान साहब मैं तो हाथ का इस्तेमाल कर रहा हूँ, अगर अपने कोऑपरेट नहीं किया तो चौधरी साहब तो डंडे का इस्तेमाल करेंगे और मुझे यक़ीन है कि आपको अच्छा नहीं लगेगा.. उम्र जो हो गयी है आपकी।" चौहान जो अब बहुत डर गया था।

चौहान- "क्या जानना चाहते हैं आप?"

प्रदीप- "इस तस्वीर में जो लड़का है इसका नाम क्या है?"

चौहान- "राहुल... राहुल सक्सेना।"

प्रदीप- "गुड.. अब यह बताओ कि तुमने इसका ख़ून क्यों और कैसे किया?"

चौहान- "मैंने इसका ख़ून नहीं किया साहब.." प्रदीप लगभग चौहान के काँधे दबाते हुए उसके चेहरे के नज़दीक आ गया।

"तुमने इसका ख़ून किया और वो भी बेरहमी से इसकी दोनों टाँगे चीर कर इसे दूर जंगल में फेंक दिया और फिर लाश से बदबू ना आये तो इस पर कोई हरे रंग की परफ़्यूम छिड़क दी।"

चौहान- "यह सब ग़लत है।"

प्रदीप- "ये सही है.. चौधरी इसे हिरासत में लो और FIR लिखो कि इसने राहुल सक्सेना का क़त्ल..." इतना सुनते ही चौहान प्रदीप के क़दमों में गिर गया।

"साहब.. राहुल का क़त्ल मैंने नहीं किया बल्कि अनारकली ने उसे मारा है।" अनारकली का नाम सु कर चौधरी और प्रदीप दोनों हैरान थे। इसके बाद चौहान ने अनारकली और वाहिद ख़ान की सारी कहानी बतानी शुरू की कि कैसे आज से ५०० साल पहले वाहिद ख़ान नाम का शहज़ादा और उसकी नर्तकी अनारकली इस महल में रहते थे। कैसे दोनों में प्यार हो गया पर शहज़ादे के पिता जो राजा थे, उन्हें इनका प्यार मंज़ूर नहीं था और राजा ने अपने एक वज़ीर रूद्र को भेज कर अनारकली को शहज़ादे वाहिद ख़ान से अलग करवा दिया और रूद्र ने अनारकली के साथ बहुत ज़ुल्म किया और फिर उसे तहख़ाने में क़ैद कर लिया

जहाँ उसकी मौत हो गयी। आज भी उसकी आत्मा भटकती है।" रोते हुए चौहान ने ये कहानी बयान कर दी। चौधरी की तो हँसी ही छूटने वाली थी।

"प्रदीप जी ये तो कोई चंदा मामा की कहानी सुना रहा है।" पर प्रदीप चौहान की बात पर यक़ीन करना चाहता था, वो एक स्टूल खींचकर चौहान के सामने बैठ गया।

"चौहान साहब आपको अगर बचना है तो आपको यह साबित करना होगा .. जो भी आपने अभी कहा वो सच है।"

चौहान- "मैं सच कह रहा हूँ साहब, आज भी मुझे वो दिन याद है। अमावस की रात थी। मैं अपना काम ख़त्म करके घर जाने को था। मैंने खाना बना दिया था सोचा राहुल और उसकी गर्लफ्रेंड को बता दूँ कि खाना बन गया है पर जैसे ही मैं किचन से बाहर जाने को था। मुझे हॉल में से राहुल और उसकी गर्लफ़्रेंड के हँसने की आवाज़ें आने लगीं। मैं दरवाज़े के पीछे ही रुक गया। मैंने देखा कि राहुल और उसकी गर्लफ़्रेंड मोहब्बत कर रहे थे। मैं उन्हें डिस्टर्ब नहीं करना चाहता था और फिर न चाहते हुए भी मुझे उन्हें यह सब करते हुए देखना अच्छा लग रहा था। मैंने देखा कि राहुल और उसकी गर्ल फ्रेंड... मतलब सब कुछ भुलाकर एक-दूसरे में समाने को तैयार थे और फिर अचानक मैंने वो देखा जो पहले कभी नहीं देखा था। एक पल के लिए लाइट गयी और जब लाइट दोबारा आयी तो हॉल में जो अनारकली की तस्वीर लगी थी उसमें से धुआँ रिसने लगा और नर्तकी की तस्वीर अचानक ग़ायब होकर उस लड़की के अंदर समा गयी और फिर उस लड़की ने.. मतलब जो नर्तकी थी उसके अंदर.. उसने राहुल के साथ किसी ताक़तवर जानवर की तरह संभोग करना शुरू कर दिया और तब तक जब तक राहुल सक्सेना मर नहीं गया। उसके बाद अनारकली की आत्मा ने उस लड़की का शरीर छोड़ दिया। लड़की को जब होश आया तो वो राहुल की लाश को देखकर घबरा गयी। वो मदद माँगने के लिए चिल्लाती रही पर मैं इतना डर गया था कि मैं बाहर नहीं आया, फिर वो लड़की हवेली के बाहर मदद के लिए भाग गयी।"

प्रदीप- "फिर क्या हुआ? मतलब आपने क्या किया?"

चौहान- "मैंने कहा ना मैं डर गया था। बस बैठकर काँप रहा था कि अचानक मैंने देखा कि धुआँ फिर से उभरा और इस बार अनारकली ने अपना असली रूप ले लिया उसकी आँख में क्रोध था और आकार बड़ा। अजीब-अजीब

सी मोटी आवाज़ निकाल रही थी और फिर चीख़ते हुए उसने राहुल के मृत शरीर को टाँगों से पकड़कर उठाया और बीच में से चीर डाला।" कहते हुए चौहान रो पड़ा। वो आज भी उस मंज़र को याद करके बहुत डर गया था। हौसला करते हुए उसने आगे कहा, "फिर अचानक सब शांत हो गया, अनारकली अपनी तस्वीर में वापस जा चुकी थी। मैंने हिम्मत की, बाहर आया तो देखा राहुल की टाँगे बीच में चिरी हुई थीं और उसकी बॉडी ख़ून से लथपथ थी।"

प्रदीप- "फिर आपने पुलिस को सूचित करने की कोशिश नहीं की?"

चौहान- "मैने वर्धमान साहब को फ़ोन करके सारी घटना बता दी।"

प्रदीप- "फिर वर्धमान साहब क्या बोले?"

चौहान- "वर्धमान साहब ने मुझसे कहा कि मैं राहुल की बॉडी को दूर कहीं जंगल में छोड़ आऊँ और वहाँ सारे सबूत मिटा दूँ।"

प्रदीप- "और फिर आपने वैसा ही किया? राहुल की बॉडी को ५० किलोमीटर दूर जंगल में फेंक दिया और हवेली से सारे सबूत मिटा दिये। इसीलिए उस वक़्त पुलिस को वहाँ कुछ नहीं मिला.. उसके बाद क्या हुआ?"

चौहान- "बस साहब उसके बाद वर्धमान साहब ने मुझसे कह दिया कि इस बात का ज़िक्र मैं किसी से न करूँ।" प्रदीप ने जेब से सिगरेट निकाली और उसे सूँघने लगा मानो वो अपने दिमाग़ में अगला प्रश्न तैयार कर रहा था।

प्रदीप- "फिर वर्धमान साहब ने इस.. अनारकली को रोकने के लिए कोई एक्शन लिया?" आँखें सिकोड़ते हुए प्रदीप चौहान को देख रहा था। मानो अब तो वो भी इस विचित्र गुत्थी को सुलझाने के लिए उतावला था और फिर चौहान ने उसे जो बताया उसे सुनकर तो वहाँ खड़े सभी लोगों के होश उड़ गये।

चौहान- "जी उसके बाद वर्धमान साहब कुछ दिनों के लिए हिमालय में अपने गुरूजी के पास चले गये। कुछ महीनों तक उनका कुछ पता नहीं था। पर जब वो वापस आये तो सीधे हवेली में गये। आने से पहले उन्होंने मुझे फ़ोन कर दिया था। उन्होंने बताया के वो अपने गुरु से अनारकली को वश में करने की विद्या सीख कर आये हैं। उनके पास एक पीतल का कलश था।" पीतल के कलश के बारे में सुनते ही चौधरी की आँखे चढ़ गयीं। क्योंकि ऐसा कलश तो वर्धमान की बॉडी के पास मिला था।

प्रदीप- "फिर .....?"

चौहान- "उसके बाद उन्होंने मुझे बताया कि वो इस कलश में अनारकली

की आत्मा को क़ैद करके इसे अपने गुरूजी के पास हिमालय भेज देंगे। मेरे सामने उन्होंने अपने मैनेजर वासु साहब से बात की थी कि वो अनारकली को क़ैद करके नोएडा पहुँच रहे हैं।"

पहले पीतल का कलश और फिर वासु, चौधरी और प्रदीप अब कड़ियों को जोड़ने लगे थे। उन्हें अब चौहान की कहानी पर यक़ीन होने लगा था। प्रदीप का इशारा पाकर चौधरी ने अंदर से वही कलश मंगवा लिया जो उन्हें वर्धमान के होटल के कमरे से उसकी लाश के पास मिला था। उस पीतल के कलश को प्रदीप ने हाथ में ले लिया जिस पर एक प्लास्टिक की पन्नी चड़ी हुई थी।

प्रदीप- "क्या यही है वो कलश?" चौहान ने वो कलश पहचान लिया। पर उसे देखकर वो डर भी गया।

"हाँ इसी में वर्धमान साहब ने अनारकली की आत्मा को क़ैद किया था। मुझे याद है मैं बहुत डरा हुआ किचन से देख रहा था और वर्धमान साहब अनारकली की तस्वीर के सामने बैठकर कोई मंत्र पढ़ रहे थे। अनारकली अपनी तस्वीर से निकलकर बाहर आ गयी, एक हरे रंग के धुएँ की तरह। पर उस दिन वर्धमान साहब के सामने वो तड़प रही थी। उसमें उतनी शक्ति नहीं थी जितनी राहुल को मारते वक़्त थी। अजीब-अजीब सी आवाज़ें निकाल रही थी। उसने वर्धमान साहब को डराने की बहुत कोशिश की पर वर्धमान साहब डरे नहीं वो मंत्र पढ़ते रहे और अचानक अनारकली हरे रंग का धुआँ बनके इस कलश में समा गयी और वर्धमान साहब ने इसका ढक्कन बंद कर दिया और मंत्र पढ़के इस पर एक मोटी-सी मौली बाँध दी। उन्होंने मुझसे क़सम ली कि मैं यह बात किसी को नहीं बताऊँगा। फिर उन्होंने वासु साहब को फ़ोन करके बताया वो अनारकली को लेकर नोएडा पहुँच रहे हैं, वहाँ से उन्हें इसे हिमालय में गुरूजी के पास ले जाना था। बस साहब इसके आलावा मैं कुछ नहीं जानता..कुछ नहीं जानता।" कहते-कहते उसका गला भर आया। प्रदीप के हाव-भाव से लग रहा था कि उसे चौहान की सचाई पर तो यक़ीन है पर उस कहानी पर नहीं जो चौहान ने उसे सुनायी थी। उसने चौहान को पानी का गिलास देते हुए कहा-

"लीजिये पानी पीजिये चौहान साहब। एंड आई ऍम सॉरी मझे मजबूरन आप पर हाथ उठाना पड़ा।" कहते हए उसने हवलदार को चाय लाने का इशारा किया और जेब से सिगरेट निकालकर चौधरी की टेबल के पास जाकर खड़ा हो गया।

चौधरी- "आपको लगता है यह सच बोल रहा है डीटेक्टिव?"

प्रदीप- "हाँ यह सच बोल रहा है, पर जो बोल रहा है वो कितना सच है उसका पता लगाना ज़रूरी है।"

चौधरी- "प्रदीप जी किस युग में जी रहे हैं आप? आज के ज़माने में आप इन भूत-प्रेत की बातों पर विश्वास करते हैं?" प्रदीप ने इस बार अपनी सिगरेट जलाते हुए कहा, "क्यों क्या बदल गया है आज के ज़माने में? क्या बच्चे पैदा नहीं हो रहे? मौतें नहीं हो रहीं। पेड़ उगने बंद हो गये हैं या हवा चलनी बंद हो गयी है? आज तो चौधरी साहब यह आलम है कि कोरोना नाम के भूत ने सबको जकड़ लिया है। जो दिखता नहीं पर जान ले जाता है। तो क्या बदला है? आई मीन एक वजह बता दीजिये कि मैं चौहान पर यक़ीन न करूँ?" चौधरी ने देखा कि प्रदीप की बात में दम तो था।

चौधरी- "चलो मैं भी मान लेता हूँ, पर फिर वर्धमान ने पुलिस की मदद क्यों नहीं ली?"

प्रदीप- "इट्स जस्ट सिंपल... वर्धमान उस हवेली को बेचना चाहता था और वो नहीं चाहता था कि उसकी या हवेली की बदनामी हो।"

चौधरी- "हम्म्म!! तो अगला क़दम क्या है?" प्रदीप ने एक लम्बा कश लिया मानो वो अगले क़दम के बारे में ही तो सोच रहा था। अब तक एक हवलदार चाय भी ले आया था। प्रदीप ने हवलदार के हाथ से चाय का कप लिया और ले जाकर चौहान के पास रख दी।

"चौहान साहब अगर मैं आपकी बात का यक़ीन कर लूँ तो कहानी कुछ इस तरह से बनती है कि वर्धमान साहब ने तंत्र-मंत्र से अनारकली की आत्मा को इस पीतल के कलश में क़ैद कर लिया और उसे वो नोएडा के होटल में ले आये अपने मैनेजर वासु को देने के लिये। पर एक रहस्मय तरीक़े से उनका क़त्ल हो गया। आपको क्या लगता है कि वर्धमान साहब और उनके मैनेजर को किसने मारा होगा?" चौहान ने रोते हुए कहा, "मैं कुछ नहीं जानता साहब, मैं उसके बाद वर्धमान साहब को नहीं मिला ना ही उनका कोई फ़ोन आया। बस फिर टी वी में देखा कि वर्धमान साहब नहीं रहे। उसका बाद मैंने चुप रहना ही उचित समझा। बस साहब इतना ही जानता हूँ मैं इसके आलावा कुछ नहीं।" हाथ जोड़ते हुए रोने की कगार पर था वो।

प्रदीप उठकर चौधरी की टेबल पर आ गया। उसके दिमाग़ में कई तरह

के सवाल उठ रहे थे। उसका मन विचलित हो रहा था कि वो चौहान की इस कहानी को माने या ना माने? पर ना मानने की कोई वजह उसे मिल नहीं रही थी और चौधरी अब इस इंतज़ार में था कि प्रदीप के खुराफाती दिमाग़ से कौन-सी नयी बात निकलेगी?

चौधरी- "प्रदीप जी.. क्या अब भी आपको इस वाहियात कहानी पर यक़ीन है?"

प्रदीप- "चौधरी साहब कहानी तो कहानी होती है। उसे देखने का बस नज़रिया अलग होता है। किसी को वाहियात लगती है तो किसी को सच्ची.... चलो हम भी एक कहानी बनाने की कोशिश करते हैं। तैयार हो जाइये उस होटल चलते हैं जहाँ वर्धमान और वासु की लाशें मिली थीं। साथ में चौहान साहब को भी ले लीजियेगा।"

चौधरी के मन में भी सच्चाई को जानने की उत्सुकता थी, लिहाज़ा उसने प्रदीप के इस प्रपोज़ल को ठुकराया नहीं।

कुछ घंटों बाद UP पुलिस की सफ़ेद वैन साएरन बजाते हुए उस ५ सितारा होटल के अहाते में पहुँच गयी थी जहाँ वर्धमान और उसके मैनेजर वासु का क़त्ल हुआ था। रूम नंबर १५०३ को अभी भी सील रखा गया था। कमरे में पहुँचकर प्रदीप और चौधरी ने फिर से कमरे का निरीक्षण बारीकी से करना शुरू कर दिया।

प्रदीप- "चौधरी साहब एक कहानी चौहान ने हमें सुनायी है। चलिये उस कहानी को जोड़ते हुए एक कहानी हम भी बनाते हैं कि यहाँ उस दिन क्या हुआ होगा?"

प्रदीप क्या करना चाह रहा था ये तो चौधरी नहीं समझ पा रहा था पर वो प्रदीप की बात से सहमत था और फिर जो प्रदीप ने अपनी कल्पना से बताना शुरू किया, चौधरी के सामने वो किसी फ़िल्मी सीन की तरह घूमने लगा। चौधरी अब सब कुछ अपने सामने घटते हुए देख रहा था कि उस दिन क्या हुआ होगा?

वर्धमान ने कमरे पे नॉक किया। वासु जो पहले से ही कमरे में मौजूद था उसने बढ़कर दरवाज़ा खोला और वर्धमान हाथ में पीतल का कलश लेकर अंदर आ गया। उसने कलश को वहाँ बनी टेबल पर रख दिया। वासु अभी भी हैरानी से उस कलश को देख रहा था जिसके ढक्कन पर एक मोटी-सी मौली बंधी हुई थी। वर्धमान ने जेब से एक सिगरेट निकालकर जलायी और खिड़की के पास

जा कर खड़ा हो गया।

वर्धमान- "वासु इस कलश में वो आपदा बंद है जिसकी वजह से मेरी हवेली बिक नहीं रही थी। गुरु जी से मंत्र विद्या सीखकर मैंने उस ख़तरनाक आत्मा को इसमें क़ैद कर लिया है। अब तुम इसे हिफ़ाज़त से लेकर उनके पास चले जाओ।" वर्धमान का चेहरा खिड़की से बाहर की तरफ़ था इसीलिए वो नहीं देख पाया कि उसके पीछे वासु की उत्सुकता बढ़ रही थी। उसने उस कलश को उठाकर उसकी मौली खोलनी चाही। वो उस मौली को पूरी तरह से खोल ही नहीं पाया था कि वर्धमान नें गुस्से में अपनी सिगरेट वहीं बुझा दी और वासु को डाँट लगा दी।

"मैंने कहा कि इसे हिफ़ाज़त से ले जाओ और तुम इसके साथ खिलवाड़ कर रहे हो? अभी गाड़ी लेकर फ़ौरन निकलो।" वासु ने कलश को वहीं टेबल पर रख दिया।

"सॉरी सर वो मैं.. बस निकल रहा हूँ।" कहते हुए बाथरूम में चला गया। और वर्धमान फिर से खिड़की के बाहर देखने लगा। वो इस बात से अनजान था कि वासु ने कलश पर बंधी मौली को ढीला कर दिया है। उसमें से हरे रंग का धुआँ रिसने लगा। उधर बाथरूम में वासु इस ख़याल से ही काँप गया था कि वो अपने साथ कलश में एक ख़तरनाक आत्मा को क़ैद करके ले जाने वाला है। इस डर से वो बार-बार अपना चेहरा धोने लगा और फिर जब उसने अपना चेहरा पोंछ कर टोवल को अपने चहरे से हटाया तो देखकर दंग रह गया कि उसके पीछे अनारकली की आत्मा खड़ी थी। वासु चीख़ पाता कि अनारकली ने उसके सर पर एक ज़ोर का वार किया। उसका चश्मा गिरकर टूट गया और फिर अनारकली ने उसकी दोनों टाँगे पकड़कर बीच में से चीर डाला। ये कहानी प्रदीप बड़े अताम्विश्वास से चौधरी को सुना रहा था। मानो ये उसकी आँखों देखी थी और चौधरी उसे फटी आँखों से देखे जा रहा था। प्रदीप ने आगे कहा-

"इसीलिए वासु की बीच में से चिरी हुई लाश बाथरूम में मिली।"

चौधरी- "और वर्धमान? उसका क्या?" प्रदीप ने जेब से सिगरेट निकाली और आगे की कहानी बनाने लगा-

"बाथरूम से वासु की चीख़ सुनकर वर्धमान मुड़ा, अब तक वो दूसरी सिगरेट जला चुका था। उसने देखा कि कलश खुला हुआ है और ख़ाली भी। जलती सिगरेट हाथ में लिये वो बाथरूम की और बढ़ने लगा पर इससे पहले वो कुछ

कर पाता। उसने पाया कि अनारकली उसके सामने खड़ी थी और उसने पल में वर्धमान की टाँगे पकड़कर उसे भी चीर डाला। जिससे उसके हाथ में जलती सिगरेट उसकी फ़ाइलों पर गिर गयी जिससे उनमें आग लग गयी और दूसरा सिगरेट का टुकड़ा जली हुई फ़ाइलों के पास मिला था तुम्हें।" उसने चौधरी को देखते हुए कहा।

चौधरी- "डिटेक्टिव आपका कहना है कि ये दोनों ख़ून अनारकली ने किये हैं, मतलब उसकी आत्मा ने?"

प्रदीप- "हो सकता है.."

चौधरी- "फिर अनारकली?" प्रदीप ने उसके सवाल को पूरा करते हुए उस छोटे से छेद की तरफ़ इशारा किया जो खिड़की पे बना हुआ था।" यहाँ से वो निकलकर चली गयी।" चौधरी प्रदीप की बात सुनकर मुस्कुरा दिया।

चौधरी- "प्रदीप जी मैं आपको बड़ा इंटेलीजेंट समझता था, पर आप तो मुझे दन्त कथाएँ सुनाकर..." प्रदीप ने उसकी बात काटते हुए कहा, "इंटेलीजेंट तो मैं बहुत हूँ, इसीलिए वो सोच रहा हूँ जो आप कभी सोच भी नहीं सकते। रही बात दन्त कथाओं की, तो वो तभी बनती हैं जब कोई सच्ची घटना घटती है। नहीं मैं किसी निष्कर्ष पर नहीं पहुँच रहा, बल्कि हर पोसिबिलिटी को एक्स्प्लोर करने की कोशिश कर रहा हूँ।"

सिगरेट बुझाते हुए उसने वहाँ खड़े चौहान का रुख़ किया जिसके भाव से साफ़ लग रहा था कि उसे प्रदीप की इस कहानी पर यक़ीन है।

चौहान- "साहब कोई माने न माने पर मैं आपकी बात मानता हूँ। क्योंकि मैंने ये सब अपनी आँखों के सामने घटते हुए देखा है।"

प्रदीप- "थैंक्यू चौहान साहब... आपको मुझ पर यक़ीन है तो फिर मेरा भी फ़र्ज़ बनता है कि आप पर यक़ीन करूँ। तो अब ये बताइये कि आपको क्या लगता है कि अनारकली इस वक़्त कहाँ होगी?" प्रदीप की बात सुनकर चौहान भी सोच में पड़ गया, मानो वो कुछ याद करने की कोशिश कर रहा था।

चौहान- "हाँ साहब पक्का वो वापस ही आ गयी है हवेली में। क्योंकि उसकी तस्वीर उसके फ्रेम में थी.... "

प्रदीप- "इसका मतलब अनारकली इस वक़्त हवेली में होनी चाहिए.."

चौहान- "जी हाँ!"

प्रदीप- "इस वक़्त हवेली में कौन है?"

चौहान-"अभीर और कमोलिका.. दोनों हसबैंड वाइफ़ हैं। उन्होंने ही हवेली का सौदा किया था वर्धमान साहब के साथ।"

प्रदीप- "क्या उन्होंने अनारकली को देखा है?" चौहान ने अपने दिमाग़ पर ज़ोर लगते हुए कहा, "शायद नहीं... नहीं तो अब तक वहाँ बवाल मच चुका होता!"

चौधरी को प्रदीप की बातों पर यक़ीन तो नहीं हो रहा था, पर उसका आत्मविश्वास देखकर वो उसकी हर बात को सुनने के लिए विवश हो रहा था। उसने अपनी ज़िन्दगी के १५ साल के कैरियर में कभी कोई ऐसा केस नहीं देखा था। अब तो वो भी जानने का इच्छुक था कि इस केस की सच्चाई क्या है और वर्धमान और वासु का असली क़ातिल कौन?

***

अध्याय ८

उधर वर्धमान हवेली में कहानी बहुत आगे बढ़ चुकी थी। अभीर हाथ में पैग लिये खिड़की के बाहर का नज़ारा देख रहा था। अनारकली और वाहिद ख़ान की इस गुत्थी को सुलझाने की कोशिश कर रहा था। अब बात उसके वाहिद ख़ान होने की नहीं थी बल्कि उसकी पत्नी कमोलिका की ज़िन्दगी की थी। उसने देखा कि कमोलिका अब गहरी नींद में सो रही है। कितनी सुंदर और मासूम लग रही थी कमोलिका। एक हल्के रंग की छोटी-सी स्कर्ट कमर से ऊपर एक सफ़ेद ब्लाउज। ऐसे बेसुध बेफ़िक्र होकर सो रही थी। अभीर की आँखों में उसके लिए प्यार उमड़ रहा था। उसे वो पल याद आ गया जब पहली बार उसकी कमोलिका से मुलाक़ात हुई थी। जब वो पार्टी में से नशे में उसे उठाकर कमरे में ले आया था। यही मासूमियत देखकर तो उसे कमोलिका से प्यार हो गया था। वो इन्हीं ख़यालों के संग उसके बिस्तर पे उसके बग़ल में बैठ गया। वो रह-रहकर उसके चेहरे पर हाथ फेरता। मन ही मन यही कह रहा था कि उसने कमोलिका के साथ सात फेरे लिये हैं। सात जन्मों का साथ निभाने का वादा किया है। उस पर आँच नहीं आने देगा। उसने झुक कर उसके गाल पर प्यार भरा चुंबन दिया एक गर्व का एहसास उमड़ रहा था उसके मन में कि कमोलिका उसकी पत्नी है। उसके बदन पर चादर डालकर बाहर की ओर निकल गया। उसे अब अनारकली वाली पहेली सुलझानी थी।

हॉल में आते ही उसने झटके से ऊपर तस्वीरों को देखा तो दंग रह गया, फ्रेम ख़ाली था, अनारकली फ्रेम में नहीं थी। अनारकली कहाँ गयी? क्या वो यहीं कहीं है? इन सवालों को मन में लेकर वो हाल में इधर-उधर घूमने लगा कि अचानक उसे अपने पीछे से पायल की आवाज़ सुनायी देने लगी। वो सहम गया। उसे अपने पीछे से हरे रंग का धुआँ उड़ता हुआ दिखायी देने लगा और एक मीठी आवाज़ ने उसे चौंका दिया-

"मुझे ढूँढ़ रहे हो शहज़ादे?" अभीर ने पीछे मुड़कर देखा तो उसके होश उड़ गये। सामने अनारकली खड़ी मुस्कुरा रही थी। सुनहरे बाल जो गहनों से सुशोभित थे। हरे रंग का दुपट्टा जो सर से होकर पीठ पर लहरा रहा था। कमर के नीचे एक छोटा-सा चमकीला मीनाकारी किया हुआ ख़ूबसूरत लिबास। कमर से ऊपर कुछ नहीं पहना था उसने। सिर्फ़ एक लाल रंग के मोतियों की माला

जो उसके वक्षों पर झूल रही थी। उसके नन्हे और ख़ूबसूरत वक्ष इस बात का आभास दे रहे थे कि उसकी उम्र भी ज़्यादा नहीं रही होगी। ऐसा योवन जैसे कि १८-१९ साल की लड़की का होता है। उसके बदन की बनावट ऐसी थी कि उसने अभी-अभी जवानी में क़दम रखा हो। बिल्कुल हूबहू वैसी जैसी वो तस्वीर में दिखती है। वो अभीर के सामने ख़ुद की परोसते हुए खड़ी थी।

अभीर यह नज़ारा देखकर स्तब्ध था। उसके चेहरे पर डर और उत्सुकता के मिश्रित भाव उभर रहे थे। वो अनारकली से बात करना चाहता था। परन्तु अनारकली ने उसके सामने अपना हाथ उठा दिया और उसके हाथ से निकला हल्का-सा हरे रंग का धुआँ और पल भर में अभीर ख़ुद को भुला बैठा। मानो अनारकली ने उसे हिप्नोटाइज़ कर दिया हो। अब अभीर वाहिद ख़ान था। जो अनारकली के सौंदर्य को देख मंत्रमुग्ध था।

"ऐसे न देखो शहज़ादे कहीं मेरा हुस्न तुम्हारी आँखों की तपिश से पिघल न जाये।" कहते हुए वो आगे बड़ी और अभीर बस उसे मुस्कुराकर देखा जा रहा था।

"मुद्दत हो गयी आपके जिस्म की ख़ुशबू को क़रीब से महसूस नहीं किया। जानती हूँ यही शिकायत हज़ूर की भी होगी?" कहते हुए वो मोहक करने वाली मुस्कान अभीर पर बिखरने लगी और अभीर भी अब ख़ुद को भुलाकर अनारकली की मुस्कान के साथ अपनी मुस्कान शामिल किये हुए था। अनारकली ने हाथ बढ़ाकर अभीर का हाथ थाम लिया और उसकी हथेली पकड़कर अपने गालों से सरकाते हुए, गले से नीचे तक ले आयी।

"उफ़ या अल्लाह! वही महक, वही एहसास। कुछ भी तो नहीं बदला शहज़ादे.." कहते हुए उसने अभीर की हथेली से अपने बदन के कोमल उतार चढ़ाव को नाप डाला। जिसका प्रमाण, अनारकली के गले में लटकी लाल मोतियों की माला दे रही थी। अनारकली की आँख में चमक जाग उठी थी। उसने देखा जैसे ही अभीर का हाथ उसकी कमर पर गया उसके होंट हिलने लगे।

"इंतज़ार की इंतिहा हो गयी है शहज़ादे.. पर अब यूँ लगता है कि कायनात भी हमारा मिलन चाहती है।" अभीर के अंदर अब वाहिद ख़ान पूरी तरह से जाग चुका था।

अभीर- "तो आओ फिर इस मिलन को हसीन बना दें। इतना हसीन कि कायनात भी सजदा करे।" अनारकली ख़ुश थी कि अब अभीर वाहिद की भाषा

बोल रहा था।

अनारकली- "जल्दी करो शहज़ादे, इससे पहले दुश्मन अपनी कोई नयी चाल चल दे।" कहते हुए उसने अभीर का हाथ पकड़ लिया और सामने दीवार के पीछे बनी सीढ़ियों से नीचे की ओर लेकर चल पड़ी। अभीर भी अनारकली का हाथ पकड़कर सीढ़ियों से नीचे उतरने लगा।

उधर कमोलिका की नींद खुली तो उसने पाया कि अभीर कहीं दिख नहीं रहा था। उसने आवाज़ लगानी शुरू की-

"अभीर! अभीर! अभीर?" पर अभीर का जवाब कहीं से नहीं आ रहा था। वो अभीर की तलाश करने बाहर हॉल की तरफ़ आ गयी। किचन तक भी गयी परन्तु अभीर का कहीं पता नहीं था। वो हैरान थी कि अभीर गया तो कहाँ? उसे ढूँढ़ने के लिए उसने हवेली का बड़ा दरवाज़ा खोला और बाहर आ गयी। दूर-दूर तक सिर्फ़ जंगल था कि अचानक उसे दूर से शमा अपनी स्कूटी पर आती दिखायी दी। शमा को देख कमोलिका उसे पहचान गयी। स्कूटी स्टैंड पे लगाते हुए शमा ने कमोलिका से पूछ लिया-

"क्या बात है यहाँ क्यों घूम रही हैं आप? अभीर कहाँ है?"

कमोलिका- "उसे ही ढूँढ़ रही हूँ, कुछ देर पहले वो मेरे साथ था कमरे में था। फिर मैं सो गयी, जब आँख खुली तो कहीं नहीं दिख रहा।" इतना काफ़ी था शमा के दिमाग़ में कई सवाल पैदा करने के लिए। उसने झट से कमोलिका से कहा-

"अंदर आओ मेरे साथ।" कहते ही वो हवेली के अंदर प्रवेश कर गयी पीछे -पीछे कमोलिका भी।

कमोलिका- "क्या बात है मुझे कुछ बताओगी? अभीर कहाँ है?" पर कमोलिका उसकी बात का कोई जवाब नहीं देना चाहती थी। वो बस उस फ्रेम को देख रही थी जिसमें अनारकली की तस्वीर अब नहीं थी।

"ओह माय गॉड!"

कमोलिका- "हुआ क्या है बोलो कुछ.."

शमा- "वो अभीर को ले गयी है अपने साथ।"

कमोलिका- "कौन?"

शमा- "अनारकली... देखो वो तस्वीर में नहीं है!" कमोलिका ने देखा कि तस्वीर का फ्रेम ख़ाली था। उसमें नर्तकी की तस्वीर नहीं थी। कमोलिका कुछ

समझ नहीं पा रही थी।

शमा- "हमें अभीर को ढूँढ़ना होगा इससे पहले अनारकली उसे कोई नुक़्सान पहुँचा दे।" कहते हुए उसने कमोलिका का हाथ पकड़ना चाहा। कमोलिका ने चिढ़ते हुए कहा-

"नहीं पहले मुझे बताओ बात क्या है? तुम और अभीर मिलकर मेरे साथ क्या गेम खेल रहे हो?"

शमा- "नहीं कमोलिका तुम्हारे साथ हम कोई गेम नहीं खेल रहे.." पर कमोलिका सुनने को तैयार नहीं थी।

"नहीं मुझे पहले बताओ.." शमा ने देखा कि कोई फ़ायदा नहीं जब तक कमोलिका को सच्चाई ना बतायी जाये वो उसकी बात का यक़ीन नहीं करेगी।

शमा- "तुम्हें ऐसे यक़ीन नहीं आयेगा। आओ तुम्हें कुछ दिखाती हूँ।" कहते हुए वो कमोलिका का हाथ पकड़कर उसके बेडरूम में ले गयी जहाँ उसने अपने बैग में से कुछ पुरानी किताबें कमोलिका के सामने रख दीं। कमोलिका उन किताबों को देखकर हैरान थी और फिर शमा के कहने पर उसने उन किताबों को पढ़ना शुरू कर दिया।

उधर हवेली के नीचे एक तहख़ाना बना हुआ था। जहाँ दीवारों पर कुछ टूटी हुई मूर्तियाँ बनी हुई थीं। यूँ लगता था कि तहख़ाना कई बरसों से अनछुआ है। कोई यहाँ नहीं आया। इसका पता सिर्फ़ अनारकली को था। अचानक वातावरण में ठुमरी बज उठी। मानो किसी ने हाई वाटेज़ स्पीकर पर यह ठुमरी बजा दी हो। सामने अभीर किसी शहज़ादे की तरह बैठा हुआ था और उसके सामने अनारकली एक पोज बनाकर बैठी थी। उसकी वेशभूषा अब बदल चुकी थी। उसके सर पर एक सुनहरी मुकुट था। ऊपरी बदन सिर्फ़ छोटे गहनों से ढँका हुआ था। जिसकी चमक में उसका बदन और चमक रहा था। ठुमरी की तान पर अनारकली एक क्लासिकल डांस करने लगी। उसकी हर ठुमक के साथ उसका बदन किसी फूलों की बेल की तरह लहरा रहा था और अभीर अनारकली का ये रूप देखकर मंत्रमुग्ध हुए जा रहा था।

इधर शमा कमोलिका को बेडरूम में, अभीर, वाहिद ख़ान और अनारकली की सारी कहानी सुना चुकी थी। कमोलिका तो गश खाकर बैठ गयी।

"पर मैं तुम्हारी बात का यक़ीन क्यों करूँ?" कमोलिका के इस सवाल के जवाब में शमा ने कहा-

"अनारकली की तस्वीर का उस फ्रेम से ग़ायब होना! इससे बड़ा क्या सबूत चाहिए तुम्हें?.. देखो कमोलिका अगर तुम्हें अभीर जिंदा वापस चाहिए तो मेरी बात मानने के सिवाए तुम्हारे पास कोई और चारा नहीं है।" कड़कती आवाज़ में शमा ने कमोलिका से कहा। कमोलिका की आँख से आँसू बहने लगे।

"मेरे अभीर को बचा लो। शमा प्लीज़ मेरे अभीर को बचा लो। ना जाने वो उसे कहाँ ले गयी है?"

शमा- "कुछ नहीं होगा अभीर को और अनारकली इस हवेली को कहीं छोड़कर नहीं जायेगी। वो है तो इसी हवेली में ही.. हमें उसे ढूँढ़ना होगा।"

कमोलिका- "पर कैसे?" शमा ने अपने बैग से कुछ पुराने नक़्शे निकले।

"यह हवेली के कुछ दुर्लभ नक़्शे हैं। इनमें कोई ऐसी जगह होगी जो सिर्फ़ अनारकली को मालूम है।" कहते हुए उसने एक बहुत ही पुराना नक़्शा टेबल पर खोल दिया और वो दोनों उस नक़्शे को ग़ौर से देखने लगी।

उधर तहख़ाने में अब वातावरण में ठुमरी गायन की ध्वनि और रंग बिरंगा धुआँ वातावरण को मदहोश बना रहा था। अनारकली अभीर के बग़ल में लेटी हुई थी और अभीर एक बड़े से पंख से उसके बदन के साथ अठखेलियाँ कर रहा था। वो सर से लेकर पाँव तक अनारकली के सुंदर बदन पर पंख से सहला रहा था। अनारकली ने देखा कि अभीर उत्तेजित हो रहा है और अब अभीर को यानी कि उसके वाहिद ख़ान को उसके संग संभोग करके उसे हमेशा-हमेशा के लिए अपना बना लेना है। उसने अभीर के हाथ से पंख लेकर बग़ल में रख दिया। अब वो चाहती थी कि अभीर वही काम अपने हाथों से करे। उसने अभीर की हथेली पकड़कर अपनी गर्दन पर रखदी और आँखें बंद कर लीं। अभीर भी उसका इशारा समझ गया था। अभीर ने भी अपनी हथेली फैलायी और अनारकली के बदन को ऊपर से लेकर नीचे तक प्यार से सहलाने लगा। उसकी हथेली बड़े प्यार से अनारकली के बदन के हर उतार-चढ़ाव का सफ़र तय कर रही थी। अनारकली लम्बी-लम्बी साँसों से अभीर को अपने वश में आते हुए देख रही थी। वो जानती थी कि उसके बदन की महक और छुअन अभीर को उसके वश में कर देगी और उसने वैसा ही करना शुरू किया। अभीर जैसे-जैसे उत्तेजित हो रहा था। वो मौत के क़रीब बढ़ रहा था। अनारकली ने अब एक सम्पूर्ण आलिंगन के साथ अभीर को अपनी बाँहों में भर लिया। अभीर की सुध-बुध खो चुकी थी। अब वो सिर्फ़ और सिर्फ़ अनारकली का वाहिद ख़ान था, जो उसमें समाने के लिए तैयार था। अनारकली अब अभीर के ऊपर आकर उसे आख़िरी

पढ़ाव के लिए आमंत्रण देने लगी कि अचानक सीढ़ियों से किसी के आने की आहट ने अनारकली का ध्यान तोड़ दिया। शमा और कमोलिका उन लोगों को ढूँढ़ते हुए तहख़ाने तक पहुँच चुके थे। अनारकली की नज़र जैसे ही कमोलिका पर पड़ी उसकी आँख में क्रोध भर गया।

"शहज़ादे जल्दी करो मुझमें समा जाओ इससे पहले दुश्मन हमें फिर से जुदा कर दे। जल्दी करो शहज़ादे मुझे अपना लो।" कहते हुए उसने अभीर को अपनी ओर खींचना चाहा। अभीर अब अपने दोनों हाथों के सहारे अपने बदन को सँभाले, अनारकली के ऊपर था। पर इससे पहले वो आगे बढ़ पाता कमोलिका की नज़र उस पर पड़ गयी। वो वहीं से चिल्लाने लगी-

"अभीर ......" पर अनारकली ने अभीर के चेहरे को अपनी ओर घुमाते हुए कहा-

"नहीं शहज़ादे.. उस तरफ़ मत देखना.. उस तरफ़ दुश्मन है, बस मुझमें समा जाओ, जल्दी!" कि शमा ने कमोलिका के काँधे पर हाथ रखते हुए कहा-

"पुकारती रहो अभीर को जब तक वो तुम्हारी तरफ़ न देखे.... पुकारो कमोलिका"

कमोलिका- "अभीर! अभीर! अभीर!" वो पूरा ज़ोर लगा कर चिल्लाये जा रही थी। और फिर अनारकली के लाख मना करने पर अभीर ने पीछे मुड़ कर कमोलिका को देख लिया। कमोलिका से नज़र मिलते ही न जाने उसे क्या हुआ कि वो बेहोश हो गया और अनारकली का क्रोध बढ़ गया। अचानक अनारकली और अभीर के ऊपर एक हरे रंग के धुएँ की चादर बन गयी और जब वो चादर छटी तो वहाँ सिर्फ़ अभीर था अनारकली जा चुकी थी। तहख़ाने में अब सिर्फ़ अँधेरा था। बस टूटी दीवार से कहीं से रौशनी आ रही थी। शमा कमोलिका की मदद से अभीर को उठाकर वहाँ से निकल गयी।

जैसे ही कमोलिका और शमा अभीर को लेकर हॉल से गुज़र रहे थे, कमोलिका की नज़र ऊपर तस्वीर पर गयी। जहाँ अनारकली अब तस्वीर में दिखायी दे रही थी। कमोलिका ने शमा की मदद से अभीर को बिस्तर पर ला कर लेटा दिया। अभीर को खोने का डर अब कमोलिका की आँखों में साफ़ दिख रहा था। वो शमा से यही कहे जा रही थी।

"शमा मेरे अभीर को बचा लो! मेरे अभीर को बचा लो।" कहते-कहते उसकी आँख भर आयी। शमा ने उसे हौसला देते हुए उसे समझाया कि उसके अभीर को कुछ नहीं होगा, बस उसे इस मुसीबत से छुटकारा पाने का कोई रास्ता

ढूँढ़ना होगा। उसके लिए उसे कुछ पुरानी किताबों के अध्ययन करना पड़ेगा। जो उसके घर पर हैं। पर कमोलिका शमा के बिना वहाँ नहीं रहना चाहती थी।

"नहीं शमा तुम मुझे इस हॉल में छोड़कर कहीं नहीं जाओगी।"

शमा- "मुझे जाना होगा। किताबें मेरे घर पर हैं। मैं चौहान से कहती हूँ वो यहाँ रुकेगा .."

"चौहान नहीं है, वो तो शायद शहर से बाहर गया है। एक काम करती हूँ तुम मेरी मदद करो मैं अभीर को कार में बैठाकर घर ले जाती हूँ।"

शमा- "ऐसी ग़लती भी मत करना कमोलिका। अभीर तब तक ज़िन्दा है जब तक वो अनारकली की आँखों के सामने है। अगर तुमने अभीर को यहाँ से निकालने की कोशिश की तो हो सकता है अनारकली उसे यहाँ से ज़िन्दा न जाने दे और तुम्हारी जान को भी ख़तरा हो सकता है। एक काम करो पहले तो वो लैंस पहन लो जो मैंने अभीर को तुम्हारे लिए दिये थे।" कहते हुए उसने टेबल पर देखा एक छोटा डिब्बा पड़ा था। उसने खोला उसमें हरे रंग के लैंस थे।

"लो इन्हें पहनकर रखना अगर बाई चांस अनारकली फिर से आ गयी तो तुम्हारा कुछ नहीं बिगाड़ पायेगी, समझी?.. मैं बस गयी और आयी।"

कहकर वो बाहर की ओर दौड़ गयी। हॉल से बाहर निकलने से पहले शमा ने नज़रें ऊपर घुमाकर देखा जहाँ अनारकली अपनी तस्वीर में ही थी। अभीर अब गहरी नींद में था। कमोलिका को कुछ समझ नहीं आ रहा था कि वो क्या करे। वो बस अभीर को जगाने की कोशिश कर रही थी।

"अभीर आँख खोलो! उठो अभीर!" पर अभीर गहरी नींद में सो रहा था। रोते हुए उसने अपनी हाथ में लैंस के डिब्बे को देखा और ग़ुस्से में फेंक दिया। और रोने लगी। उसे अब एक बात साफ़ तौर पे समझ आ गयी थी कि अभीर ही अनारकली का वाहिद ख़ान है और ये कि अनारकली अब उसके अभीर को कभी भी ले सकती है। इस ख़याल भर से वो इतनी डर गयी कि वो चादर उठा कर अभीर के संग लेट गयी और रोते-रोते उसने अभीर को अपनी आग़ोश में समेट लिया। जैसे कि एक माँ अपने बच्चे को समेट लेती है।

***

अध्याय ६

पहाड़गंज के एक होटल में विक्की शम्भू के साथ एक डील करने में व्यस्त था। उसने शम्भू के सामने एक नक़्शा खोल रखा था, जिसमें वर्धमान हवेली बनी हुई थी। वो उसे समझा रहा था कि कैसे इस हवेली को पहले वो एक होटल में तब्दील करेंगे और फिर उसके बाद उसका आसपास के जंगल उनके हो जायेंगे। टूरिज़्म की आड़ में वो कैसे अफीम का व्यापार धड़ल्ले से कर पायेगा। शम्भू उसके प्लान से बहुत ख़ुश था। पर उसकी एक ही चिंता थी कि रामपुर के जंगलों में इतनी दूर क्यों लोग आयेंगे? अगर आयेंगे भी तो सबके बीच ड्रग्स का धंधा कैसे होगा? कि तभी विक्की का फ़ोन बज उठा उसने देखा कि फ़ोन कमोलिका का था। उसने साइड में आकर फ़ोन रिसीव किया

विक्की- "हैलो?"

कमोलिका- "हैलो विक्की"

विक्की- "क्या बात है कमोलिका तुम रो क्यों रही हो? सब ठीक तो है ना?"

"कुछ ठीक नहीं है विक्की।" और रोते हुए उसने विक्की को सारी बात बता दी, जो भी यहाँ घटा था।

"बस तुम जल्दी आ जाओ विक्की, मुझे बहुत डर लग रहा है।" रोते हुए उसने विक्की से कहा।

"तुम बिल्कुल मत डरो, मैं बस निकल ही रहा हूँ। तुम बस अभीर का ख़याल रखना।" कहते हुए उसने फ़ोन रख दिया। विक्की भी अनारकली की कहानी जानकर हैरान था कि यह कैसे मुमकिन है और फिर अचानक उसकी आँख में चमक आ गयी। मानो इसी आकर्षण की उसे तलाश थी। अब तो उस हवेली पे क़ब्ज़ा करना उसके लिए और भी ज़रूरी हो गया था। अब न तो उसे हवेली को होटल बनाने की ज़रूरत थी और ना ही टूरिस्ट की। अगर अनारकली के भूत वाली बात फ़ैल गयी तो फिर उस हवेली के नज़दीक कोई नहीं आयेगा। उसका दिमाग़ एक नये षड्यंत्र की तैयारी करने लगा था

इधर हवेली में कमोलिका बस निढाल-सी अभीर के सिरहाने बैठ गयी थी। उसे पता ही नहीं चला कि उसे कब नींद आ गयी कि अचानक उसने महसूस किया कि उसे एक मनमोहक ख़ुशबू आ रही है। उसके कानों में हल्की-हल्की पायल की आवाज़ एक ताल में सुनायी दे रही थी। मानो कोई नर्तकी किसी

मधुर संगीत पर नृत्य कर रही हो। उसकी जैसे ही आँख खुली वो दंग रह गयी। सामने अनारकली अभीर के सामने एक मनमोहक नृत्य कर रही थी और ऐसा प्रतीत हो रहा था जैसे वातावरण में एक ठुमरी गायक ने एक मधुर नशीली तान छेड़ दी थी। वो अपने सामने अनारकली को इस रूप में देखकर हैरान थी। कमोलिका ने अभीर का हाथ कसकर पकड़ लिया उसने देखा कि अनारकली बेपरवाह उसके सामने नाच रही थी। उसने हरे रंग का छोटा-सा घाघरा पहन रखा था। जिस पर चाँदी का कमरबंद थाऔर ऊपरी बदन पर सिर्फ़ पारदर्शी हरे रंग की मख़मली चुन्नी। जिसके अंदर से अनारकली का सुंदर बदन उसी लय में झूमकर उसके क़दमों का साथ दे रहा था। अचानक अभीर अनारकली की पायल की आवाज़ सुन कर जाग गया और आँख में चमक लिये वो अनारकली की ख़ूबसूरती को देखने लगा। कमोलिका ने देखा कि अनारकली किसी बैले डांसर की तरह तेज़ ताल पर थिरक रही थी। फिर उसने धीरे से अपने बदन से हरे रंग की चुन्नी नीचे खिसका दी और गले में चमकता हरे रंग की कोहिनूर नुमा पथरों से लैस एक सुंदर माला जो उसके वक्षों की ओर इशारा कर रही थीं। यह सब देख अभीर अनारकली की ओर बढ़कर उसे छूने को उतारू था। कमोलिका यह नहीं होने देना चाहती थी। वो दौड़कर अभीर के पास जाना चाहती है, पर अचानक अनारकली ने अपनी चुन्नी को उड़ाते हुए कमोलिका की तरफ़ फेंक दिया और उस जादुई चुन्नी ने कमोलिका को दीवार के साथ जकड़ लिया। एक छिरे से उसका मुँह बंद हो गया तो दूसरे छिरे से चुन्नी ने उसकी कमर को दीवार के साथ कस दिया। कमोलिका अब क़ैद थी। कमोलिका को याद आया कि उसे शमा के दिये हुए लैंस पहनने थे। पर लैंस का डिब्बा तो उसने दूर फेंक दिया था। पर अब वो उन तक पहुँच नहीं पा रही थी क्योंकि अनारकली की चुन्नी ने उसे दीवार के साथ जकड़ा हुआ था। वो छटपटाने लगी। उसने देखा कि अनारकली अपने वक्षों को अपने हाथों से ढँके, थिरकती हुई अभीर की ओर बढ़ रही थी। उसकी पयाल की छम-छम कमोलिका के मन में अभीर को खोने का डर पैदा कर रही थी। अभीर के पास पहुँचकर अनारकली ने अपने हाथों को अपने सुंदर बदन से हटा दिया और अभीर को देखकर मुस्कुराने लगी। अभीर की नज़रें अब उसकी सुन्दरता को निहार रही थीं। अनारकली ने हल्का-सा धक्का देकर अभीर को बिस्तर पर गिरा दिया। अभीर की शर्ट के बटन्स खुल चुके थे। इसके बाद अनारकली अभीर के पास बैठ गयी और उसके हाथ पकड़कर अपने बदन पर

रख दिये। असहाय-सी कमोलिका देखकर दंग रह गयी कि अभीर अब उत्तेजित था। अनारकली ने अभीर के हाथों से अपने वक्षों को दबाना शुरू कर दिया। अभीर की साँसें बढ़ रही थीं। कमोलिका ने देखा कि अनारकली धीरे से अभीर पर सवार हो गयी। अभीर की उत्तेजना अब चरम पर थी और वहाँ कमोलिका अपने सामने अपने प्यार को लुटता हुआ देख रही थी। वो इस बात पर दुखी थी कि अभीर अपने होश में नहीं है। वो भी अनारकली को ख़ुद को समर्पित करने को उतारू था। वैसे अभीर का भी कोई क़सूर नहीं था, वो इस वक़्त तो वाहिद ख़ान था। कमोलिका चाहकर भी अपनी आँखें नहीं फेर पा रही थी। उसका दिल तब जल उठा जब उसने देखा कि अभीर अनारकली के बीच प्रेम-मंथन शुरू हो चुका था।

कमोलिका से नहीं रहा गया वो रोये जा रही थी। उसकी आँखों के सामने उसकी ज़िन्दगी बर्बाद हो रही थी। अनारकली ने अभीर के काँधे ज़ोर से दबा दिये और दाँत निकालकर उत्तेजना भरे स्वर में आवाज़ लगायी-

"चलो मेरे दिलदार मेरे संग चाँद के पार चलो"

"हम भी तैयार हैं चलो" कहते हुए उसने अनारकली की रफ़्तार के संग अपनी रफ़्तार मिला दी।" और कमोलिका न कुछ बोल पा रही थी ना कर पा रही थी कि अचानक पीछे से शमा आ गयी उसके हाथ में कुछ किताबें थीं। शमा यह नज़ारा देखकर स्तब्ध रह गयी। एक तरफ़ अभीर और अनारकली प्रेम प्रसंग में लीन थे तो दूसरी ओर कमोलिका दीवार से बँधी थी। उसे इस बात की पुष्टि करने में देर नहीं लगी कि कमोलिका ने उसके दिये हुए हरे लेंस नहीं पहने पर शमा ने पहन रखे थे। अचानक उसने एक पुरानी किताब का एक पन्ना खोला और उसे अनारकली के सामने कर दिया। उस किताब में से एक हवा निकलने लगी जो अनारकली से जा टकरायी। उस हवा ने जैसे ही अनारकली के बदन को छुआ वो तड़पने लगी एक अजीब-सी चीख़ निकालने लगी। कुछ ही पलों में शमा की ओर देखते-देखते उसका सारा बदन एक हरे रंग के धुएँ में बदलने लगा। ठुमरी बंद हो गयी और फिर अनारकली एक हरे रंग के धुएँ का रूप लेकर दरवाज़े से निकल गयी। उसके जाते ही कमोलिका जिस चुन्नी से बँधी थी वो भी हवा हो गयी। चुन्नी के बंधन के छूटते ही कमोलिका थक कर ज़मीन पर गिर गयी और रोने लगी। शमा ने जाकर उसे किसी तरह से सँभाला। कमोलिका दौड़कर अभीर के पास गयी जो अब फिर से बेहोश हो चुका था। उसका गुप्त अंग किसी

मरे हुए पक्षी की तरह गिरा हुआ था। अभीर का पायजामा ऊपर करते ही उसके गले लगकर रोने लगी।

शमा ने कमोलिका के काँधे पर हाथ रखते हुए उसके साथ सहानुभूति दिखाते हुए कहा-

"अच्छा हुआ मैं वक़्त पर आ गयी।" कमोलिका तड़पकर चीख़ पड़ी।" नहीं मैं अब यहाँ एक पल भी नहीं रुकूँगी।" कहते हुए उसने वहाँ पड़ा पानी का जग उठाया और सारा पानी अभीर के चहरे पर गिरा दिया और उसे झिंझोड़ने लगी।

"उठो अभीर उठो" अभीर की आँख खुली उसने पाया उसके कपड़े अस्त व्यस्त हैं उसके सामने कमोलिका रो रही है और उसके पीछे शमा हाथ में कुछ किताबें लेकर खड़ी है। अभीर के पैजामे का नाड़ा बाँधते हुए और उसकी शर्ट के बटन बंद करते हुए उसने कहा-

"उठो अभीर हम इसी वक़्त घर जा रहे हैं।" अभीर कुछ समझ नहीं पा रहा था कि शमा ने उसे रोकते हुए कहा-

"नहीं कमोलिका तुम ऐसा नहीं कर सकती। अनारकली तुम्हें यहाँ से नहीं जाने देगी।" पर कमोलिका उसकी बात सुनने को तैयार ही नहीं थी। उसने शमा को धक्का देते हुए कहा-

"हट जाओ मेरे रास्ते से। टू हेल विथ यू एंड योर अनारकली। मैं अपने अभीर को अपने साथ लेकर जा रही हूँ। देखती हूँ मुझे कौन रोकता है!"

वो वहाँ से अभीर को सहारा देकर निकल गयी। शमा के पास कोई चारा नहीं था, उसने अपनी किताबें वहीं बिस्तर पर फेंक दीं और माथा पकड़कर बैठ गयी। मानो अब वो चाहती थी कि कमोलिका अपनी इस हरकत का परिणाम ख़ुद देखे। कमोलिका अब अभीर को सहारा देकर हॉल में ले यी। उसने एक पल ऊपर अनारकली की तस्वीर को देखा जहाँ अनारकली अपनी तस्वीर में थी। उसे देख वो ज़ोर से चिल्लायी-

"जा रही हूँ मैं अपने अभीर को लेकर, यह मेरा है सिर्फ़ मेरा.. समझी।" कहते हुए वो जैसे ही दरवाज़े तक पहुँची, अचानक दरवाज़ा ज़ोर से ख़ुद-ब-ख़ुद बंद हो गया। एक हरे रंग का धुआँ उसके आसपास छाने लगा। कमोलिका समाझ गयी कि अनारकली क्रोधित हो गयी है। पर वो हार नहीं मानना चाहती थी। उसने दरवाज़ा ज़ोर से हिलाकर खोलने की कोशिश की, पर अचानक एक हरे रंग का धुआँ आया और कमोलिका ने पाया कि एक अदृश्य शक्ति ने उसे

दबोच लिया है और उसे ज़ोर से टेबल की ओर पटक दिया। अभीर वहीं फिर से बेहोश हो गया। कमोलिका सँभल पाती कि उसी शक्ति ने उसे फिर से उठाया और इस बार वो एक लैंप से टकराते हुए ज़मीन पर जा गिरी। कमोलिका को लगा जैसे उसके बदन की हड्डियाँ टूट रही हैं। शोर सुन अब शमा भी बाहर आ गयी थी। उसने देखा कि एक हरे रंग का तूफ़ानी बादल अब अभीर की ओर बढ़ रहा था और उस बादल ने अभीर को हवा में उठा लिया। कमोलिका वहीं से चिल्ला दी-

"शमा अभीर को बचाओ।" शमा ने फिर से किताब का एक पन्ना खोला और अभीर की तरफ़ कर दिया जो हवा में लटक रहा था। किताब से फिर से हवा निकली और वो हरे रंग का धुआँ अभीर को छोड़ने लगा अब कुछ लहरें फिर से कमोलिका की तरफ़ बढ़ने लगी थीं कि शमा दौड़कर कमोलिका के पास गयी और उसने अपनी मुट्ठी खोलकर हरे रंग के लैंस का डिब्बा आगे कर दिया।

"इसे जल्दी पहनो कमोलिका।" कमोलिका ने वक़्त बर्बाद ना करते हुए वो लेंस पहनने शुरू कर दिये और इसी दौरान शमा ने फिर से किताब का रुख़ उस हरे धुएँ की तरफ़ कर दिया। ऐसा प्रतीत हो रहा था जैसे उस किताब की हवा कमोलिका और हरे रंग के धुएँ के बीच आ गयी थी। जैसे ही कमोलिका ने वो हरे लेंस पहन कर धुएँ को देखा वो अनारकली की तस्वीर में समाकर ग़ायब हो गया। अचानक सब शांत था।

"तुम ठीक हो न?" शमा ने कमोलिका को सहारा देते हुए पूछा। कमोलिका रोते हुए खड़ी हुई-

"पहले अभीर को सँभालो।" कहते हुए दोनों अभीर को फिर से बेडरूम में ले आयीं। जहाँ अभीर को लेटाकर कमोलिका ज़ार-ज़ार रोने लगी। वो जानती थी कय अब वो फँस गयी है और यह भी कि अब उसे और अभीर को कोई बचा सकता है तो वो है सिर्फ़ शमा। वो शमा का हाथ पकड़कर रोने लगी। उसने देखा कि अब तो शमा भी चिंता में डूब गयी थी। वो इस बात का हल किताबों में ढूँढ़ रही थी और शायद उसे हल मिल गया था।

"क्या कुछ मिला?" कमोलिका ने हैरानी से पूछा। शमा ने कमोलिका को देखते हुए कहा-

"हाँ कमोलिका, अनारकली से अभीर को अगर कोई बचा सकता है तो वो तुम हो कमोलिका।" कमोलिका ने अपने चहरे पर हैरानी भरे भाव बिखरते

हुए पूछा-

"मैं... ?"

शमा- "हाँ कमोलिका तुम, उसकी पत्नी। जिस तरह सत्यवान की पत्नी सावित्री यमराज से उसके प्राण वापस ले आयी थी। उसी तरह तुम्हें अभीर की ज़िन्दगी को अनारकली से आज़ाद करवाना होगा।" कहते हुए उसने एक पुरानी किताब का एक पन्ना कमोलिका के आगे खोल दिया।

"यह देखो इसमें लिखा है कि अनारकली जैसी आत्माएँ अपने खोये प्यार की तलाश में इसलिए भटकती हैं क्योंकि उनकी सेक्स की आपूर्ति नहीं हुई होती। वो तब तक इंतज़ार करती हैं जब तक उनको तृप्त करने वाली वो आत्मा किसी और का रूप लेकर दोबारा धरती पर ना जनम ले।" कमोलिका को तो जैसे शमा की बातें समझ ही नहीं आ रहीं थीं।

"कुछ समझ नहीं आ रहा शमा तुम क्या कहना चाहती हो?"

शमा- "देखो कमोलिका इतना तो समझ आ गया है ना कि बरसों पहले अनारकली को यहाँ के शहज़ादे वाहिद ख़ान से प्यार था? अनारकली और वाहिद ख़ान की उस दिन शादी थी.. आई मीन सुहागरात। स्पष्ट शब्दों में कहूँ तो फ़र्स्ट सेक्स! पर उस दिन राजा ने अपने वज़ीर रूद्र को भेज दिया वाहिद ख़ान को गिरफ़्तार करने के लिए और ऐन वक़्त पर जब अनारकली वाहिद ख़ान से सेक्स करने जा रही थी तो रूद्र ने उसे वाहिद ख़ान से दूर कर दिया और उसका बलात्कार करके तहख़ाने में बंद कर दिया। जहाँ अनारकली की मौत हो गयी। मरने से पहले एक ही ख़्वाहिश अधूरी रह गयी थी अनारकली के मन में.... वाहिद ख़ान के संग सेक्स की और यह तमन्ना लिये उसकी आत्मा आज तक भटकती रही... जब तक उसे अभीर के रूप के वाहिद ख़ान नहीं मिल गया।"

शमा सब कुछ इतनी सरलता से कह तो गयी थी पर, कमोलिका की फटी आँखें बता रहीं थीं कि उसे अभी भी यह बात हजम नहीं हो रही थी।

"व्हाट आर यू टाकिंग शमा... एक आत्मा सिर्फ़ सेक्स के लिए... आई डोंट बिलीव.. हाँ सुना है कि प्रेमी अगर बिछड़ जायें तो .." शमा ने कमोलिका की बात को काटते हुए कहा-

"प्रेम किसे कहती हो तुम कमोलिका? वो भी एक ख़ूबसूरत लड़के और लड़की की बीच?... इट्स आल रिलेटेड टू सेक्स ओनली... हम इस बात को ना मानते हैं न डिस्कस करते हैं और तुम्हारे केस में भी यही बात है।" कमोलिका

हैरानी से शमा की बात को समझने की कोशिश कर रही थी। शमा ने आगे कहा, "हाँ कमोलिका, तुम्हारे अभीर को सिर्फ़ तुम्हारी सुन्दरता, उसका तुम्हारे साथ संभोग करने की इच्छा ही उसे अनारकली से बचा सकती है। तुम्हें अपने जिस्म की सुदरता की ताक़त पर भरोसा रखना होगा। क्योंकि तुम्हारे इस ख़ूबसूरत बदन की कशिश ही तुम्हें तुम्हारा अभीर लौटा सकती है।" कमोलिका शमा की बातें सुनकर हैरान थी कि उसने मंगल-सूत्र, सिन्दूर, पतिव्रता ऐसे शब्दों की ताक़तों के बारे में पढ़ा और सुना था पर बदन की ख़ूबसूरती की ताक़त? ये बात उसकी समझ से परे थी। तब कमोलिका की आँखों के सवाल को पढ़ते हुए शमा ने उसे समझाया-

"कमोलिका तुम्हें अभीर के सामने ये साबित करना होगा कि तुम अनारकली से ज़्यादा संुदर हो, ज़्यादा ख़ूबसूरत हो। तुम्हें अभीर को ये यक़ीन दिलाना होगा कि उसे तुम्हारे संग संभोग करके ज़्यादा आनंद आयेगा न कि अनारकली के साथ।" शमा की बात सुनकर कमोलिका झल्ला उठी-

"पागल तो नहीं हो गयी तुम। मैं यहाँ अपने पति अभीर के संग अपने रिश्ते की बात कर रही हूँ, वो रिश्ता जो प्यार के सूत्र में बँधा है। जो पवित्र है, शक्ति मान है और तुम मेरे सामने कैसी गंदी-गंदी बातें कर रही हो! बदन, आकर्षण, संभोग और न जाने क्या क्या?" शमा ने एक लम्बा साँस लेते हुए कहा-

"यही दुविधा है हमारे देश के लोगों की, ख़ास कर तुम जैसी औरतों की। प्यार के नाम पर सबकुछ करेंगी। पति के साथ हर तरह का शारीरिक आनंद लेंगी, पर उसके बारे में बात करते हुए शर्म आती है!" लगभग चिढ़ते हुए शमा ने कहा। उसने आगे जो कहा उस बात ने कमोलिका की आँखे खोल दीं-

"तुम्हारी नज़र में प्यार की क्या परिभाषा है हाँ? तुम्हारी और अभीर की शादी? घर गृहस्थी? रिश्तेदारी? या फिर वो पल जो तुम दोनों बंद कमरे में अकेले निवस्त्र गुज़ारते हो, एक-दूसरे की शाररिक इच्छाएँ पूरी करके? अभीर जब भी घर से बाहर जाता है क्यों उसका इंतज़ार करती हो सज-सँवर के? क्यों उसके सामने परफ़्यूम लगाती हो? सेक्सी ड्रेस पहनकर ख़ुद को पेश करती हो? ताकि तुम्हें अभीर वो शारीरिक सुख और आनंद दे, जिसकी चाहत क़ुदरत ने तुम्हारे दिलो-दिमाग़ में भरी है। हाँ कमोलिका हमने कई रिश्ते बनाये पर क़ुदरत ने एक ही रिश्ता बनाया है मर्द और औरत का, जिसे सेक्सुयल रिलेशनशिप कहते हैं। क़ुदरत ने इस धरती के सबसे पहले मर्द और औरत यानी एडम और ईव को

सोने के सेब खिलाकर इस बात का एहसास दिलाया। ईव को आकर्षित बनाया, उसके बदन की बनावट, उसके बदन की कोमलता, इस प्रकार बनायी कि एडम उसकी तरफ़ आकर्षित हो उसे छूने की इच्छा करे, उसमें सामने की चाहत रखे। उसी प्रकार क़ुदरत ने एडम को सख़्त सुडौल बनाया जो ईव के मन को भाये। ताकि सृष्टि का संचालन होता रहे और ये परम्परा तब से चली आ रही है जब से सृष्टि की रचना हुई है और आज भी यही नियम चलता आ रहा है। जवान मर्द ख़ूबसूरत औरत की तरफ़ आकर्षित होता है और इसे हम प्यार कहते हैं।"

एक ही साँस में शमा कमोलिका के सामने अपनी बात रख रही थी और कमोलिका के लिए उसके इस तर्क का कोई भी जवाब नहीं था। शमा ने हताश होते हुए आगे कहा-

"कैसी विडम्बना है, हम प्यार के नाम पर सेक्स ही करते हैं पर उसकी बात करते हुए शरमाते हैं!" उसने एक लंबा साँस लेते हुए अपनी बात को पूरा किया, "अनारकली भी अभीर से सेक्स ही चाहती है, जो उसे अपने प्रेमी वाहिद ख़ान से नहीं मिला, इसके आलावा उसे किसी भी रिश्ते से कोई लेना-देना नहीं है, क्यों कि वो एक आत्मा है। उसे एक ही बात अभीर से जोड़े हुए है और वो है सिर्फ़ और सिर्फ़ सेक्स। अगर सवाल सेक्स है तो जवाब भी सेक्स के आलावा और कुछ नहीं हो सकता.. कमोलिका।" एक साँस लेते हुए उसने आपनी बात समाप्त की। कमोलिका आँख में उम्मीद लिये शमा की बातें ध्यान से सुन रही थी। वो समझ चुकी थी कि उसे अगर अपने पति को वापस पाना है तो उसे प्यार की असली परिभाषा को बिना शर्म के अपनाना होगा। उसे अभीर को अपनी सुन्दरता से आकर्षित करके अपने साथ संभोग करने के लिए प्रेरित करना होगा। यही उसके प्यार की जीत होगी, पर अगले ही पल वो चौंक गयी।

कमोलिका- "और अनारकली ऐसा होने देगी? वो अभीर को अपनी ओर खींचने की कोशिश नहीं करेगी?" शमा ने गहरी साँस लेते हुए कहा-

"हमें अपनी कोशिश करनी चाहिए, बाक़ी कुछ बातें ऊपर वाले पर छोड़ देनी चाहिए। क्योंकि वो भी अपने बन्दे से यही कहता है कि तू पहला क़दम बढ़ा, दूसरा मैं बढ़ाऊँगा।"

कमोलिका को शमा की बातें हौसला दे रहीं थीं। वो हर हाल में अभीर को वापस पाना चाहती थी

"मैं तैयार हूँ। बताओ मुझे करना क्या होगा।" इतना सुनकर शमा के चहरे

पर तसल्ली के भाव उभर आये।

शमा- "कल अमावास की रात है और हमारे तंत्र की दुनिया में यह ऐसी आत्माओं के लिए सबसे शक्तिशाली रात होती है। अब एक तरफ़ अनारकली की शक्ति होगी और दूसरी तरफ़ एक पतिव्रता विवाहित स्त्री की शक्ति यानी कि तुम और इस जंग में जीत तुम्हारी ही होनी है।"

"और इस दौरान अनारकली ने फिर से ..." कमोलिका की बात काटते हुए शमा ने अपने बैग से एक काला धागा निकाला और उस पर कोई मंत्र फूँक कर अभीर के पाँव में बाँध दिया।

"अवामस की रात तक यह अभीर की रक्षा करेगा। तब तक अनारकली इसके पास नहीं आ पायेगी। बस अमावास की रात इसका असर ख़त्म हो जायेगा। तब तक तुम उसके साथ युद्ध करने के लिए तैयार हो चुकी होगी।" कमोलिका उस धागे को देख रही थी। बस उसे हर हाल में उसका अभीर वापस चाहिए। वो अब युद्ध के लिए तैयार थी।

***

अध्याय ७

इधर नोएडा में प्रदीप पुलिस स्टेशन में परेशान घूम रहा था। वो देख रहा है कि चौधरी फ़ोन पर अपने अफसर से बात कर रहा है। उसके भाव से लग रहा था कि वो किसी बात को लेकर निराश है। फ़ोन रखकर उसने प्रदीप का रुख किया-

"मेरे ऑफ़िसर्स इस अनारकली और वाहिद ख़ान की कहानी पर यक़ीन नहीं करना चाहते। उन्होंने मुझे रामपुर वर्धमान हवेली जाने से मना कर दिया है। उनका मानना है के क़त्ल नोएडा के ५ सितारा होटल में हुआ है। ये हमारा एरिया है, यहाँ अभी तक कोई सुराग़ हाथ नहीं लगा है। रामपुर वर्धमान हवेली जाने की इजाज़त मुझे नहीं मिली। उनका कहना है कि अगर ज़रूरत पड़े तो रामपुर की पुलिस की हेल्प ले सकते हैं हम।"

प्रदीप- "तो फिर एक साल पहले जब राहुल सक्सेना का क़त्ल हुआ था तो उसका असली क़ातिल सामने क्यों नहीं आया?"

चौधरी- "प्रदीप जी समझिये.. मीडिया इस केस को लेकर हर रोज़ पुलिस की खिल्ली उड़ा रही है और अब अगर यह अनारकली वाली बात बाहर आ गयी तो... आप समझ सकते हैं कि पुलिस की इम्मेज......." प्रदीप ने मुस्कुराते हुए कहा, "पुलिस की इमेज?... मैं कोई टिप्पणी नहीं करना चाहता इस बारे में। बस इतना कहूँगा अगर इतना ही ख़याल होता आपके ऑफ़िसर्स को इमेज का तो.. फिर आपको मेरे जैसे डिटेक्टिव की ज़रूरत नहीं पड़ती। ख़ैर आप अपने अफसरों के ऑर्डर्स से बँधे हैं, मैं तो नहीं!" कहते हुए वो वहाँ आया जहाँ चौहान बैठा हुआ था।

प्रदीप- "चौहान साहब मैं चाहता हूँ कि आप मेरे साथ वर्धमान हवेली चलें ताकि हम सच्चाई का..." कि चौधरी ने प्रदीप की बात को काटते हुए कहा, "सॉरी प्रदीप जी आप चौहान को अपने साथ नहीं ले जा सकते इस वक़्त ये हमारी कस्टडी में हैं।" चौधरी के मुँह से इतना सुन चौहान जहाँ एक तरफ़ घबरा गया, वहीं दूसरी और प्रदीप को ग़ुस्सा आ गया।

प्रदीप- "मैंने चौहान जी को वर्धमान हवेली से यहाँ बुलवाया था.. पूछताछ के लिए आप इन्हें इस तरह.."

चौधरी- "मैंने कहा चौहन जी हमारी कस्टडी में हैं, हिरासत में नहीं। बड़े

साहब के ऑर्डर्स हैं, वो कल परसों इनसे यहाँ पूछताछ करने आयेंगे, तब तक मुझे इन्हें अपने पास ही रखना होगा।" प्रदीप चौधरी की बातें सुनकर असहाय महसूस करने लगा था, पर वो जानता था कि इसमें चौधरी का कोई क़सूर नहीं। वो भी तो इसी सिस्टम का हिस्सा है। पर उसने फ़ैसला कर लिया था कि वो ख़ुद इस केस की जड़ तक पहुँचेगा।

उधर रामपुर में बारिश ने फिर से ज़ोर पकड़ लिया था। तेज़ हवाएँ किसी बड़े तूफ़ान के आने का अंदेशा दे रही थीं। कमोलिका ने मोबाइल में चेक किया किसी बड़े चक्रवात के आने की संभावना थी। पर साथ में ये भी लिखा था कि ऐसा चक्रवात सालों में आता है। कमोलिका ने देखा कि खिड़कियों के पल्ले रह-रहकर आपस में टकरा रहे थे। कमोलिका ने जाकर खिड़कियाँ बंद कीं। वो जैसे ही मुड़ी उसने पाया कि अभीर जाग चुका है और वाशरूम में गया है। अभीर को कुछ याद है कि नहीं कि उसके साथ क्या हुआ था। इन्हीं सवालों को वो मन में लिये उसके लिए चाय बनाने चली गयी। जब वो बाहर आयी तो उसने देखा कि अभीर फिर से खिड़कियाँ खोलकर, आँख बंद करके बरसात की बूँदों का आनंद ले रहा था। इसका मतलब कि उसे कुछ याद नहीं था? कमोलिका को अपने सामने चाय लेकर खड़ा देख वो मुस्कुरा दिया।

"अरे लगता है ज़्यादा देर सो गया.. बड़ी गहरी नींद आयी थी। तुम सोयी नहीं?" कमोलिका जानती थी कि अभीर को कुछ याद नहीं है और ना ही वो उसे कुछ याद दिलाना चाहती थी। तभी अचानक उसका फ़ोन बज उठा, उस पर विक्की का नंबर फ़्लैश हो रहा था।

विक्की- "अरे कमोलिका कब से फ़ोन लगा रहा हूँ, न तुम्हारा फ़ोन लग रहा है ना अभीर का!"

कमोलिका- "वो नेटवर्क इशू हो सकता है.. हाँ सब ठीक है, तुम कहाँ हो?"

विक्की- "मैं रास्ते में फँसा हुआ हूँ। यहाँ बहुत बारिश हो रही है.. उम्मीद है कुछ घंटों में मैं पहुँच जाऊँगा।" कमोलिका ने फ़ोन रख दिया कि अचानक उसका फ़ोन फिर से बज उठा इस बार शमा का फ़ोन था। कमोलिका ने साइड में जा कर शमा का फ़ोन उठाया और उसे बताया कि यहाँ सब ठीक है। तब शमा ने उसे उसके घर पर आने के लिए कहा। कमोलिका ने फ़ोन ऑफ़ करके अभीर से कहा-

"अभीर तुम फ़्रेश हो जाओ, तब तक मैं शमा के घर हो कर आती हूँ।"

"शमा के घर क्यों? बारिश देखो कितनी हो रही है.." हैरानी से अभीर ने पूछा।

"वो ऐसे ही, वो मुझे अपनी कुछ कलेक्श्न्स दिखाना चाहती थी, तुम सो रहे थे.. तो मैंने कहा कि जब तुम जाग जाओगे तो आ जाऊँगी.. अगर तुम कहते हो तो नहीं जाती।"

"नहीं-नहीं जाओ.. मेरे बैग के पीछे छतरी है ले लो। शी इज़ गुड गर्ल और इंटेलिजेंट भी।" अभीर ने उसे अपनी सहमती दी और वो नहाने चला गया। कमोलिका ने देखा कि अभीर के पाँव में काला धागा अभी भी बँधा हुआ था वो निश्चिन्त होकर वहाँ से निकल गयी।

हॉल से निकलते वक़्त उसने टेढ़ी नज़र से एक बार नर्तकी की तस्वीर की तरफ़ देख लिया जो अभी भी तस्वीर में थी। वो उससे नज़रें नहीं मिलाना चाहती थी। बाहर निकलते ही उसने पाया कि बरसात थमने का नाम ही नहीं ले रही थी। रह-रहकर बिजलियाँ कड़क रही थीं। तेज़ हवाओं से उसकी छतरी टेढ़ी हो रही थी। पर कमोलिका की आँखों में एक निश्चय दिख रहा था कि चाहे तूफ़ान आये या आँधी, वो अपने अभीर को अनारकली से छुड़ाकर रहेगी और यही बात शमा ने उसकी आँखों में तब देखी जब वो शमा के घर कीचड़ से लथपथ भीगी हुई सी उसकी कॉटेज में पहुँची। शमा ने कमोलिका का स्वागत करते हुए उसकी छतरी बग़ल में रखकर उसे एक टोवेल दे दिया।

शमा- "अभीर क्या कर रहा था?"

कमोलिका- "नहाने गया है, पर डर लग रहा है उसे अकेली छोड़ आयी हूँ।" शमा ने थर्मस से कॉफ़ी कप में डालकर उसे पकड़ाते हुए कहा, "घबराने की कोई बात नहीं, जब तक उसके पाँव में वो काला धागा बँधा हुआ है, अनारकली उसके पास नहीं पहुँच सकती। पर उसका असर सिर्फ़ रात ढलने तक ही रहेगा। हमें जो भी करना है जल्दी करना होगा।" कहते हुए उसने कमोलिका के सामने कुछ पुरानी किताबें खोल दीं और उसमें वो कमोलिका को कुछ प्राचीन तस्वीरें दिखाने लगी जिसमें उस ज़माने की औरतें भी अपने यौवन का शृंगार करके पुरुषों को रिझाती थीं। कमोलिका उन तस्वीरों को पलटकर देखने लगी।

हाँ सही तो कह रही थी शमा पुरुषों को रिझाने के लिए स्त्री तो बरसों से अपने बदन का शृंगार करती आयी है। ये सब तस्वीरें इसकी प्रमाण थीं।

शमा- "बस तुम्हें ख़ुद को इसी रूप में ढालना है। ख़ुद पर विश्वास करना

सीखना है कि तुम अनारकली से ज़्यादा सुंदर हो और तुम्हारे अंदर इतनी अदाएँ हैं कि तुम अभीर को अपनी ओर आकर्षित कर सकती हो।"

कमोलिका- "पर यह कैसे होगा शमा? आई मीन मैं जो हूँ सो हूँ। ख़ुद को प्राचीनकाल की कोई औरत कैसे मान लूँ?" शमा ने मुस्कुराते हुए कमोलिका को अपनी ओर किया, "मैं बताऊँगी कैसे.. आज मैं तुम्हारे अंदर उस औरत को जगाऊँगी जो अनारकली से भी ख़ूबसूरत है। ख़ुद को अनारकली से बेहतर कैसे प्रेजेंट करना है, छोटी-छोटी बारीकियाँ सब सिखाऊँगी। पर उसके लिए तुम्हें मेरे साथ कोऑपरेट करना होगा। न कोई सवाल न कोई शक। बोलो मंज़ूर है?"

कमोलिका- "मैं अभीर के लिए कुछ भी कर सकती हूँ शमा।"

शमा- "गुड .. अब मैं तुम्हें कामसूत्र की कुछ प्रक्रिया सिखाऊँगी।" कहते हुए उसने कमोलिका के आगे कामसूत्र का शास्त्र कर दिया।

कमोलिका- "पर??"

शमा- "तुमने प्रोमिस किया है कि कोई सवाल नहीं.." मुस्कुराते हुए उसने कमोलिका से कहा और कमोलिका ने भी मुस्कुराते हुए हामी भर दी। अचानक उसने पाया कि शमा उसे मुस्कुराते हुए एक टक देखे जा रही थी। शमा की आँखों में अपनेपन की चमक थी। वो धीरे-धीरे कमोलिका का विश्वास जीत रही थी। अचानक शमा कमोलिका के एक दम नज़दीक आ गयी उसने अपने गाल कमोलिका के गलों के नज़दीक रख दिये और फुसफुसाते हुए बोली-

"तुम बहुत सुंदर हो कमोलिका। अब मैं तुम्हें यक़ीन दिलाऊँगी कि तुम दुनिया की सबसे ख़ूबसूरत स्त्री हो, ये देखो इस शास्त्र का पहला अध्याय। एक स्त्री को ख़ुद पर विश्वास करना है कि उसका सौंदर्य सबसे आला है।" कहते हुए वो अपना हाथ कमोलिका की गर्दन पर फेरते हुए उसकी पीठ की ओर ले गयी। कमोलिका कुछ समझ पाती उससे पहले शमा ने कमोलिका की ड्रेस की डोर खोलकर उसके काँधों से उसकी ड्रेस खींच दी और उसकी पीठ पर अपना हाथ फेरते हुए नीचे की ओर ले गयी। कमोलिका के बदन में एक सुर्री-सी दौड़ गयी। कमोलिका कुछ कहना चाहती थी पर शमा की आँख में प्रश्न भरी मुस्कराहट देख उसने शमा को आगे बढ़ने की इजाज़त दे दी।

शमा- "महसूस करो कि तुम्हरे पास ऐसा बदन है जो इस धरती पर किसी स्त्री के पास नहीं।" शमा अब कमोलिका के पीछे थी जहाँ उसकी ड्रेस बस नीचे गिरने को थी। उसने कमोलिका के कान में धीरे से कहा-

"देखो कितना गोरा बदन है तुम्हारा कमोलिका। तुम कोई भी कलर की ड्रेस पहनो, तुम्हारा गोरा बदन अपनी अलग पहचान बना ही लेता है। विश्वास करो।" कहते हुए उसने अपने दोनों हाथ कमोलिका के काँधे पर रख दिये और धीरे से ड्रेस को काँधे से नीचे खिसका दिया। जिसे शमा के दोनों हाथ कमोलिका की पीठ का स्पर्श करते हुए नीचे की तरफ़ चले गये।

शमा- "देखो कितने मख़मली काँधे हैं तुम्हारे। ज़्यादा ज़ोर ही नहीं लगाना पपड़ा, मक्खन की तरह ड्रेस नीचे आ गयी।" अब कमोलिका पिंक रंग की ब्रा और पैंटी में खड़ी थी। उसे शर्म आ रही थी। उसने अपनी ब्रा को अपने हाथों से ढँक लिया कि शमा ने सामने आकर उसके हाथ उसके बदन से सरकते हुए कहा-

"यह युद्ध है मेरी जान! ज़रा-सी हिचकिचाहट हार का कारण बन सकती है। बस महसूस करो, सबसे कोमल बदन है तुम्हारा सिर्फ़ अभीर के लिए।" उसके हाथ नीचे करते हुए उसने कमोलिका की ब्रा का हुक खोल दिया और उँगली से उसके दोनों तने कमोलिका के काँधे से गिरा दिये। अब कमोलिका ऊपर से नग्न थी।

उसने कमोलिका को शीशे के सामने खड़ा कर दिया, "देखो कितनी ख़ूबसूरत हो तुम।" कमोलिका अब शीशे के सामने ख़ुद को निहार रही थी। अपना निर्वस्त्र बदन देख उसे यक़ीन ही नहीं हुआ कि ये वो ख़ुद थी। इतने आकर्षित वक्ष थे उसके कि उसे ख़ुद से ही प्यार होने लगा। शमा को तसल्ली हो रही थी कि कमोलिका अब अपने बदन से प्यार करने की कोशिश कर रही है। कमोलिका का ध्यान तोड़ते हुए वो अपना हाथ कमोलिका की पीठ पर लेकर गयी, उसने काँधों से हाथ सरकाते हुए उसकी कमर पर हाथ फेरते हुए कहा-

"महसूस करो दुनिया की सबसे पतली कमर तुम्हारी है.. महसूस करो कमोलिका।" उसके कानों में अब शमा फुसफुसा रही थी। कमोलिका ने आँख बंद करके हामी भरनी शुरू की। शमा कमोलिका के पीछे आयी और उसकी गर्दन को सहलाते हुए अपने हाथ उसके वक्षों तक ले गयी।

"महसूस करो कमोलिका के सबसे ख़ूबसूरत वक्ष हैं तुम्हारे... सिर्फ़ अभीर के लिए।" कमोलिका अब उतेजित हो रही थी-

"हाँ महसूस किया।"

"यह सब अभीर के लिए... इन्हें तनने की इजाज़त दो कमोलिका।" कहते हुए वो प्यार से उसके वक्ष बिन्दुयों को अब मसल रही थी। फिर उसके वक्षों के नीचे से हाथ फेरते हुए हल्की-हल्की मसाज़ देने लगी। कमोलिका ने पाया

जैसे-जैसे शमा उसके वक्षों के नीचे हल्की-हल्की मसाज़ दे रही थी, उसके बिंदु अपना आकर प्राप्त कर रहे थे। कमोलिका ने एक बार उन्हें छूकर देख लिया। शमा ने उसे टोकते हुए कहा-

"मत रोको.... तनने दो इन्हें.. अभीर का स्मरण करो कमोलिका.. देखो कैसे यह अभीर के लिए तन रहे हैं।" कमोलिका ने आँख खोलकर अपने वक्षों को टटोला तो वो हैरान रह गयी। इतनी जल्दी उसके बिंदु कभी नहीं तने थे वो भी इतने सुर्ख़।

शमा ने कामशास्त्र का अगला पन्ना पलटते हुए कमोलिका को दिखाया। "ये सब माइंड में होता है। ख़ुद को जैसा समझोगी वैसा पाओगी। इससे सुंदर अभीर के लिए कुछ नहीं हो सकता.. महसूस करो।"

कमोलिका- "कर पा रही हूँ... सबसे ख़ूबसूरत, ख़ुद को, अभीर के लिए सिर्फ़ मेरे अभीर के लिए।" कमोलिका कामशास्त्र में जो चित्र देख रही थी, शमा उससे वैसे ही करवा रही थी और कमोलिका अपनी बंद आँखों से यही कहे जा रही थी-

"यह भी अभीर के लिए, अभीर के लिए।" और कमोलिका की हर साँस पर शमा की उँगलियाँ उसकी टाँगों के बीच में स्पर्श दे रहीं थीं।

शमा- "अभीर की अपार शक्ति को महसूस करो कमोलिका और उसे ख़ुद में समा जाने दो। देखना है यह कितनी जल्दी कर पाती हो तुम। सोचो अभीर को अपने क़रीब।"

कमोलिका- "हाँ अभीर मेरे भीतर समा रहा है, आख़िरी मंज़िल तक। हाँ अभीर आ रहा है। मैं उसका इंतज़ार कर रही हूँ, अभीर!!" कहते हुए वो चिल्लाने लगी। अचानक कमोलिका न आँख खोली वो इस वक़्त बहुत उत्तेजित थी। अचानक उसके हाथ बढ़े और उसने शमा के गाल अपने हाथ में ले लिये। शमा हैरान थी कि कमोलिका ने अपने होंट शमा के होंटों की तरफ़ बढ़ा दिये वो उन्हें चूम लेना चाहती थी कि अचानक शमा ने उसका होंटों पर अपना हाथ रख दिया।

"नहीं कमोलिका यह सब अभीर के लिए है। देखो कैसे प्रेम रंग में रंग गयी हो तुम। अपनी हालत देखो स्वयं स्वर्गलोक से देव भी आ जाये तो ख़ुद को न रोक पाये; अभीर तो तुम्हारा पति है.. देखो आईने में कैसे तुम्हारा रूप दमक रहा है।" कहते हुए उसने कमोलिका को शीशे के आगे कर दिया। कमोलिका ने देखा कि उसका रक्त चाप बढ़ चुका था। जिससे उसके सारे बदन की नसें खुल गयीं

थीं। जिनमें से एक अद्भुत ख़ुशबू का रिसाव हो रहा था। जिससे उसके गोरे बदन पर और निखार आ गया था।

कमोलिका ख़ुद को देखकर हैरान थी। इतनी सुंदर, प्यार से भरपूर इतना कि उसे ख़ुद से प्यार हो जाये। शमा ने देखा कि कमोलिका के अंदर अब आत्मविश्वास बढ़ चुका था।

शमा- "कल का दिन और फिर आयेगी अमावास की रात और कल अमवास की रात अनारकली अपना आख़िरी वार करेगी और अब मुझे यक़ीन है कि तुम उसे हर वार का जवाब देने के लिए तैयार हो।"

कमोलिका अब बिना किसी शर्म-लाज के शीशे के सामने सीना तान कर खड़ी थी। मानो वो समझ चुकी थी कि उसका यौवन ही उसका सबसे बड़ा हथियार है। शमा ने देखा कि वाक़ई कमोलिका इस युद्ध के लिए तैयार थी जो उसे हर हाल में जीतना था, अपने अभीर को वापस पाने के लिए।

***

अध्याय ८

इधर अगली सुबह विक्की ने एक होटल में कमरा ले लिया था। वो वहाँ से निकलने की कोशिश कर रहा था पर उसे यही ख़बर मिल रही थी कि आगे बाँध का पानी छूटने की वजह से रास्ते बंद हैं। वो परेशान होने लगा था। उसे जल्द से जल्द वर्धमान हवेली पहुँचना था। एक पाँच सितारा होटल के कमरे में वो बेबस-सा घूम रहा था। उसने रिसेप्शन से पता किया तो पता चला कि रात तक रास्ते खुलने की उम्मीद है। विक्की ने बोतल खोलकर एक बड़ा-सा पैग बनाया और अपना बैग खोलकर फिर से देखा। उसमें एक रिवोल्वर पड़ी थी। उसने रिवोल्वर निकाल कर देखी। गोलियाँ पूरी थीं। विक्की के इरादे ठीक नहीं लग रहे थे।

उधर प्रदीप ने ठान लिया था कि वो वर्धमान हवेली जायेगा इस असलियत का पता लगाने। लिहाज़ा उसने भी रात को अपने घर में सामान पैक किया और अपनी सैंट्रो गाड़ी निकाली और उसमें जा बैठा। उसे अब अनारकली से मिलने की ज़्यादा उत्सुकता थी।

यहाँ हवेली में अगली सुबह अभीर खिड़की के पास बैठा चाय की चुस्कियाँ ले रहा था। वो बाहर के माहौल को देखकर बहुत ख़ुश था। पीछे से कमोलिका ने आकर उसके काँधे पर हाथ रख दिया और अभीर ने भी उसका गाल चूमते हुए कहा-

"गुड मोर्निंग" कमोलिका ने भी मुस्कुराकर जवाब दिया। एक सन्नाटा छाया था। कमोलिका हैरान थी कि अभीर को कुछ भी याद नहीं कि उसके साथ क्या घटा है। उसने नज़रें झुकाकर देखा अभीर के पाँव में अभी भी वो काला धागा बँधा हुआ था। अभीर ने इस चुप्पी को तोड़ते हुए कहा-

"नाइस प्लेस.. मैंने तो फ़ैसला कर लिया है कि यहीं सेटल हो जाऊँगा, यहाँ एक छोटा-सा ऑफ़िस बना लूँगा और यह हमारा सेकण्ड होम होगा। पूरी हवेली का रेनुयेशन करवाकर इस हवेली को ऐसे ही प्रीसर्व करेंगे जैसी यह ५०० साल पहले हुआ करती थी।" अभीर की बातें सुनकर कमोलिका को डर लगने लगा था कि अभीर को वो जितना इस जगह से दूर ले जाना चाहती थी अभीर उतना ही इस मायावी जाल में फँस रहा था।

"अभीर वो मैं कह रही थी।" कमोलिका की बात को नज़रअंदाज़ करते हुए उसने कमोलिका का हाथ पकड़ा और हॉल में ले आया जहाँ अनारकली

और शहज़ादा वाहिद की पेंटिंग लगी थी। कमोलिका हैरान थी कि अभीर उसे उसकी दुश्मन की तस्वीर के सामने क्यों ले आया? पर उसके बाद उसने जो कहा कमोलिका सुनकर चौंक गयी।

अभीर- "तुम आज रात ऐसे इस नर्तकी की तरह कपड़े पहनना और मैं इस शहज़ादे की तरह। इट विल बी फ़न न?" मुस्कुराते हुए उसने कमोलिका को देखा जो बहुत डर गयी थी।

"क्या हुआ? तुम्हें पसीने क्यों आ रहे हैं कमोलिका?" अभीर ने कमोलिका के माथे पर हाथ रखते हुए कहा। कमोलिका हॉल में उसके साथ कोई बात नहीं करना चाहती थी।

"अभीर तुम अंदर चलो, तुमसे ज़रूरी बात करनी है।"

"यहीं बोलो न, यहाँ कौन है?" अभीर ने उसे रोकते हुए कहा, पर कमोलिका अंदर आने की ज़िद कर रही थी। इस पर अभीर चिढ़ गया।

"प्रॉब्लम क्या है तुम्हारी कमोलिका? जब से यहाँ आयी हो अजीब-सा बिहेव कर रही हो.. बोलो क्या बात है?" कमोलिका ने काँपते होंटों से कहा-

"अभीर हमें किसी तरह यहाँ से निकल जाना चाहिए, आई मीन मुझे घर जाना है।" इतना सुनना था कि न जाने अभीर को क्या हुआ उसने अपने हाथ का कप ज़ोर से ज़मीन पर पटक दिया जो टुकड़े-टुकड़े हो गया। यह देख कमोलिका एक दम डर गयी।

"प्रॉब्लम क्या है तुम्हें यहाँ... हैं?.... यहाँ कोई तुम्हें परेशान कर रहा है?.. कोई भूत है?.. काम करते करते इतना थक गया हूँ, मैं थोड़ा रिलैक्स करना चाहता हूँ। तुम्हें महारानी बनाके रखना चाहता हूँ। समझ नहीं आ रहा तुम्हें? एक ऐसी ज़िन्दगी जीने का मौक़ा मिल रहा है हमें, जिसके बारे में हमने सिर्फ़ किताबों में पढ़ा है.." कहते हुए उसने कमोलिका की बाज़ुएँ ज़ोर से दबोच लीं।

"देखो कमोलिका अतीत में जीने का मौक़ा क़िस्मत वालों को मिलता है, वो भी ५०० साल पुराना अतीत.. समझ रही हो?" अभीर की इस हरकत पर कमोलिका इतना डर गयी थी कि उसे समझ ही नहीं आ रहा था कि क्या ये वही अभीर है जिसे वो प्यार करती है? जो उसका पति है? या फिर कोई और? अभीर ने उसका ध्यान तोड़ते हुए कहा-

"बस मैंने फ़ैसला कर लिया है हम कहीं नहीं जा रहे, न ही तुम। आज रात मैं ऐसी ज़िन्दगी जीना चाहता हूँ।" हाथ उठाकर उसने अनारकली और वाहिद ख़ान की तस्वीरों की ओर इशारा कर दिया और कमरे में चला गया। कमोलिका

अब डर के मारे काँप रही थी। उसने डरते-डरते ऊपर तस्वीर की ओर देखा जहाँ अनारकली की मुस्कुराती हुई तस्वीर थी। उसे यूँ लग रहा था जैसे अनारकली उसे देखकर मुस्कुरा रही है। मानो उसे चिढ़ा रही हो। कमोलिका अब जान गयी थी कि उसके पास अभीर को अनारकली के चंगुल से छुड़वाने के आलावा कोई चारा नहीं था। उसने जल्दी से अपने फ़ोन पर विक्की का नंबर डायल कर दिया दूसरी ओर विक्की ने एक ही बार में फ़ोन उठा लिया-

विक्की- "हाँ बोलो कमोलिका.."

कमोलिका- "विक्की कब पहुँच रहे हो तुम?" कमोलिका की आवाज़ में घबराहट सुन विक्की हैरान था।

विक्की- "क्या हुआ? तुम इतनी घबराई हुई क्यों हो?"

कमोलिका- "विक्की जितनी जल्दी हो सके तुम यहाँ पहुँचो। मुझे बहुत डर लग रहा है। अभीर अजीब-अजीब बातें कर रहा है, मुझे यहाँ नहीं रहना, मुझे घर जाना है विक्की... हमें यहाँ से निकालो।"

विक्की- "कमोलिका तुम वहाँ से नहीं निकलोगी.. समझी?.. मैं आ रहा हूँ। कोशिश करूँगा रात तक पहुँच जाऊँ, बस डरो नहीं.. एक ही बात याद रखना कुछ भी हो जाये तुम लोग वो हवेली नहीं छोड़ोगे।" कहते हुए उसने फ़ोन रख दिया.. उसने एक बड़ा-सा पैग बनाकर एक ही घूँट में गटक लिया। फिर बैग में सामान डाला। उसमें एक बार उसने अपनी रिवोल्वर को फिर से देखा और बैग बंद करके रिसेप्शन पे फ़ोन लगाया।

"हाँ लिसन मैं चेक आउट कर रहा हूँ अभी।" कुछ ही पलों में, बरसात के बीच उसकी गाड़ी हाईवे पर रफ़्तार पकड़ चुकी थी और दूसरी ओर डिटेक्टिव प्रदीप की सेंट्रो कार जो धीमी रफ़्तार से वर्धमान हवेली की ओर बढ़ रही थी।

***

अध्याय ९

रामपुर में बरसात थम चुकी थी। रह-रहकर बादल आसमान में मंडरा रहे थे। शाम ढलने को थी और धीरे-धीरे हवेली के गुम्बद से दिन का साया छँटने लगा था। अजीब-सा वातावरण था। पंछियों की आवाज़ भी धीरे-धीरे दब रही थी। मानो उन्हें भी एहसास था के आज क़यामत की रात है और कमोलिका के लिए एक युद्ध की रात जिसे उसे हर हाल में जीतना था।

अभीर अपने कमरे मैं बैचेन-सा घूम रहा था। बस यही बड़बड़ाये जा रहा था-

"यह कमोलिका को क्या हो गया है अजीब-सी बातें क्यों कर रही है ये?" कि अचानक उसके कमरे में एक हल्के-से हरे रंग के धुएँ ने प्रवेश किया पर वो धुआँ अभीर के पाँव से टकराकर वापस चला गया। क्योंकि शमा ने उसके पाँव में काला धागा बाँधा हुआ था और अभीर इस बात से अनजान था। उसने कमोलिका को आवाज़ लगानी चाही-

"कमोलिका! कमोलिका!" पर उसका जवाब नहीं आया अभीर ने सोचा शायद कमोलिका नहाने गयी होगी। उसने एक पैग बनाया और खिड़की के पास जाकर ढलते सूरज को देखने लगा जो बस अपनी आख़िरी किरण बिखेरता हुआ छुपने जा रहा था।

उधर शमा कमोलिका को एक तालाब के पास ले आयी थी। उसने कमोलिका को उसके किनारे बैठाते हुए कहा-

"यह पवित्र सरोवर है। कहते हैं इसमें कई दिव्य शक्तियाँ समायी हुई हैं। युद्ध पर जाने से पहले यहाँ के राजा इस सरोवर में स्नान करते थे, जिससे उन्हें लड़ने की शक्ति प्राप्त हो।" कमोलिका तो सुन्न सी खड़ी थी। वो ख़ुद को हालात के हवाले कर चुकी थी। मानो उसने ख़ुद को शमा को समर्पित कर दिया हो, वो जो करना चाहती है करे। शमा जानती थी कि कमोलिका के दिमाग़ में सिर्फ़ एक ही बात घूम रही थी, अभीर का छुटकारा अनारकली से। शमा ने ख़ुद आगे बढ़कर कमोलिका के वस्त्र उतारने शुरू कर दिये, कमोलिका कुछ नहीं बोली। उसने कमोलिका का साथ देने के लिए अपने भी वस्त्र उतार दिये और कमोलिका के काँधे पकड़कर तालाब में बैठ गयी। शमा ने उसे तालाब में बैठाकर उसके बदन को उस पानी से नहलाना शुरू कर दिया।

वो अपने हाथों से उसके हर अंग को पानी से सहला रही थी और एक ही बात कहे जा रही थी-

"याद रहे तुम इस दुनिया की सबसे सुंदर स्त्री हो। अनारकली से भी ज़्यादा। तुम्हें आज अपने रंग रूप और अदाओं से अनारकली को परास्त करना है।"

कुछ देर बाद उसने कमोलिका को खड़ा किया। ढलते सूरज की रौशनी में दोनों के नग्न बदन चमक रहे थे। फिर उसने एक सफ़ेद साड़ी ख़ुद पहनी दूसरी कमोलिका को पहना दी और हाथ में एक फूलों की थाली दे कर बोली-

"इसे पानी में बहाकर दिव्य शक्तियों से अपने लिए शक्ति माँगो।" कमोलिका ने वैसा ही किया। सफ़ेद रंग की साड़ी उसके बदन से चिपक कर उसके यौवन को जिस तरह निखार रही थी, शमा को यक़ीन हो चला था कि आज अनारकली उससे मात खा जायेगी।

इसके बाद शमा ने कमोलिका के काँधे पकड़ते हुए कहा-

"तुम चलके कपड़े पहनों। ख़ास कपड़े लायी हूँ तुम्हारे लिए, मैं आती हूँ।" हामी भरते हुए कमोलिका वहाँ से चली गयी। अचानक शमा किसी को पुकारने लगी और थोड़ी देर में वही सफ़ेद कबूतर उड़कर उसके पास आ गया और शमा के संग खेलने लगा।

"बस राहुल आज वो रात आ गयी है जिसका मुझे इंतज़ार था। अब दुनिया को तुम्हारी मौत का असली राज़ पता चल जायेगा और फिर.." कहते हुए उसने अपनी साड़ी का पल्लू कबूतर के सामने उतार दिया जिससे राहुल उसके सौन्दर्य को देख सके, पर अचानक शमा ने पाया कि आज उस कबूतर के साथ एक कबूतरी भी थी। यह देख शमा ने अपनी साड़ी का पल्लू फिर चढ़ा लिया। वो समझ गयी थी कि राहुल अब सृष्टि के नियमों का पालन करना चाहता है। अब उसके साथ उसी की दुनिया की एक साथी थी। उसने उस सुंदर कबूतरी को देखते हुए कहा-

"सुंदर है ... बस आज की रात और.. फिर तुम अपनी दुनिया में जाकर जी सकते हो राहुल।" इतना सुनकर वो कबूतर और कबूतरी उड़ गये। शमा ने उन्हें आँख में आँसू लिये विदा कर दिया। कोई नहीं जान पायेगा कि इस दुनिया में ऐसा भी होता है। शमा के लिए ज़िन्दगी का यह अध्याय समाप्त हो चला था। पर उसे कमोलिका की ज़िन्दगी का आख़िरी अध्याय बाक़ी था। जो उसे उसके साथ पढ़कर समाप्त करना था। वो अपने आँसू पोंछते हुए वो तालाब से बाहर

निकल आयी।

रात गहरा चुकी थी। अमावास ने अपनी अँधेरी चादर पूरी हवेली पर बिछा दी थी। हवेली के कुछ कमरों की खिड़कियों से हल्की-सी रौशनी आ रही थी। शमा कमोलिका को अपने घर ले गयी जहाँ उसने किसी किताब में देखकर कमोलिका को एक अप्सरा की तरह सजा दिया था। कमोलिका तो इस युग की लग ही नहीं रही थी। यूँ लग रहा था जैसे प्राचीन काल से कोई अप्सरा धरती पर उतर आयी हो। सर पर छोटा-सा मुकुट, कानों में बुँदें, गले में वक्षों तक लटकती मोतियों की माला जो नीचे कमरबंध तक लटक रही थी। उस माला से उसके वक्ष रह-रह कर खेल रहे थे। एक पिंक रंग की साड़ी में वो बेहद ख़ूबसूरत लग रही थी।

शमा को यक़ीन था कि अभीर अब कमोलिका से मुँह नहीं मोड़ पायेगा। शमा ने एक डिब्बी से ख़ुशबूदार पाउडर निकला और कमोलिका के काँधों पर फिर वक्षों पर धीरे-धीरे मलने लगी। शमा के हाथों का स्पर्श कमोलिका को अच्छा लग रहा था इसीलिए उसने शमा को ख़ुद के बदन से खुलकर खेलने की इजाज़त दे दी थी। अब कमोलिका पूरी की पूरी महक रही थी। शमा ने थोड़ा-सा पाउडर अपनी शर्ट को खोलकर अपने वक्षों पर भी मल लिया। कमोलिका ने आँखों में सवाल लिये शमा को देखा।

शमा- "यह प्लान B है। अगर इसकी ज़रूरत पड़ गयी तो हम इसपे जायेंगे।"

कमोलिका- "प्लान B? मैं समझी नहीं।"

शमा- "तुम्हें समझने की ज़रूरत नहीं। दुआ करो कि प्लान B की ज़रूरत न पड़े अब चलो... वैसे अभी तक अभीर का फ़ोन क्यों नहीं आया? इतनी देर से तुम यहाँ हो मेरे साथ!" इतना सोच कमोलिका घबरा गयी।

"कहीं वो अनारकली तो नहीं आ गयी?" इतना सोच दोनों के पाँव तले ज़मीन निकल गयी। कहीं उन्हें देर तो नहीं हो गयी! क्योंकि अभीर के पाँव में बँधे काले धागे का असर तो सूरज ढलने तक ही था। शमा कमोलिका तेज़ी से हवेली की तरफ़ कूच कर गये।

हवेली पहुँचते ही उनका शक यक़ीन में तब बदल गया जब उन्होंने देखा कि तस्वीर में से नर्तकी ग़ायब थी। यह देख कमोलिका डर गयी।

शमा- "घबराओ नहीं, तुमने वैसा ही करना है जैसा मैंने कहा है। अभीर

को अपनी ओर आकर्षित करना है चाहे उसके लिए कुछ भी करना पड़े। समझी ... और हाँ अपने हरे लेंस पहनना मत भूलना।" तीव्र गति से कहते हुए उसने कमोलिका को लेंस का डिब्बा पकड़ा दिया और उसे अंदर बेडरूम में ले गयी और अंदर जाते ही कमोलिका ने जो देखा... देखकर उसके होश उड़ गये। अनारकली आ चुकी थी। वाक़ई उन्हें देर हो गयी थी।

वातवरण में हरे रंग का धुआँ था। मधुर ठुमरी गूँज रही थी और सामने बेड पर अभीर और अनारकली थे। अभीर किसी शहज़ादे की तरह सजा था और अनारकली? उसने तो एक पारदर्शी ड्रेस पहनी हुई थी उसके बाल खुले थे जो रह-रहकर अभीर के संग खेल रहे थे। कमोलिका ने देखा कि अनारकली ने धीरे-धीरे अभीर के सारे वस्त्र उत्तार दिये हैं और अभीर ने ख़ुद को अनारकली को समर्पित कर दिया है। अभीर का गुप्त अंग केवल लाल रंग की चादर से ढँका हुआ था। और अनारकली का सौन्दर्य पूरे शबाब पर था। उसके वक्ष बिंदु अभीर की छाती से रह-रहकर टकरा रहे थे जिससे अभीर की उत्तेजना बढ़ रही थी। उसने झुक कर अभीर को चूमना शुरू कर दिया। यह नाज़ारा देखकर कमोलिका तो ऐसे खड़ी हो गयी, मानो उसने हार ही मान ली हो। पर शमा ने कमोलिका को झिंझोड़ते हुए उसे अपना काम करने को कहा और ख़ुद परदे के पीछे छुप गयी। कमोलिका की आँख में अब क्रोध था उसके सामने कोई डायन उसके पति को उससे छीनकर ले जा रही थी। कमोलिका ने अब एक नर्तकी के अंदाज़ में अभीर के सामने उसी ठुमरी की धुन पर अपनी अदाएँ बिखेरनी शुरू कर दीं। वो अपने अंगों का प्रदशन अभीर के सामने कर रही थी। जैसे कोई मॉडल ज्वैलरी की प्रदर्शनी करती है। अनारकली की नज़र कमोलिका पर गयी जिसकी आँखों से हरे रंग के लेंस चमक रहे थे। अनारकली ने मुस्कुराते हुए कहा-

"यह तेरा नहीं, मेरा शहज़ादा है और इसे मैं अपने साथ आज की रात हमेशा-हमेशा के लिए ले जाऊँगी.." इतना कहते ही वो अपनी ज़ुबान निकलकर अभीर के कानों के पास घुमाने लगी। अभीर अपने होश खोने लगा, कमोलिका से नहीं रहा गया वो तो जैसे अनारकली पर टूट पड़ना चाहती थी। पर उसने पाया कि अनारकली और अभीर के चारों तरफ़ एक अदृश्य-सा कवच बना हुआ था। जिससे टकराकर कमोलिका पीछे की ओर गिर गयी। यह देख वो ज़ोर से चिल्लाने लगी-

"अभीर मेरी तरफ़ देखो.. अभीर मैं हूँ तुम्हारी पत्नी कमोलिका। देखो मेरी

तरफ़"

अभीर बेशक एक बार कमोलिका को देख लेता पर आज वो अभीर नहीं बल्कि अनारकली का वाहिद था। कमोलिका असहाय-सी देख रही थी कि कैसे अभीर अब अनारकली के बस में होता जा रहा था। शमा ने परदे के पीछे से देखा कि कमोलिका को जो करना था वो क्यों नहीं कर रही है! वो बाहर आयी और उसने कमोलिका को झिंझोड़ते हुए कहा-

"क्या कर रही हो कमोलिका? तुम्हें अभीर को अपने हुस्न की ओर आकर्षित करना है। ये क्या कर रही हो?"

"मुझसे नहीं होगा.. शमा.. मुझे बस मेरा अभीर चाहिए।" कहते हुए वो वहीं बैठकर फूट-फूटकर रोने लगी। शमा देख रही थी वक़्त निकला जा रहा है। अगर अनारकली अभीर के संग पूर्ण सम्भोग करने में कामयाब हो गयी तो वो भी अभीर को नहीं बचा पायेगी। वो बार-बार कमोलिका को झिंझोड़कर सबकुछ करने को कह रही थी, जो वो उसे सिखा कर लायी थी। पर कमोलिका तो सब कुछ भुला चुकी थी। उसने अपनी हार स्वीकार कर ली थी। शमा ने देखा अनारकली ने अब अभीर को पूरी तरह अपने वश में कर लिया था। वो जैसा चाहती अभीर उसके साथ वैसा ही कर रहा था। वो ये भी समझ रही थी कि एक पत्नी के लिए अपनी नज़रों के सामने अपने पति को किसी परायी स्त्री के साथ नग्न अवस्था में ऐसे देखना कितना मुश्किल होता है। अनारकली अब कमोलिका को मुस्कुराकर चिढ़ा भी रही थी कि अब अभीर सिर्फ़ उसका है। ख़तरा बढ़ रहा था। अनारकली अभीर पर सवार हो चुकी थी। उसने अभीर को निर्वस्त्र कर दिया, उसकी कमर से चादर हटा दी थी। अभीर अब अनारकली के लिए तन चुका था। बस कुछ पल में सब ख़त्म हो जायेगा कि शमा फट से कमोलिका के सामने आयी-

"प्लान B पे जाना होगा हमें, जल्दी कपड़े उतारो अपने।"

"पर..क्यों?" कमोलिका ने हैरानी से पूछा।

"किसी भी सवाल का जवाब देने का वक़्त नहीं है, बस जल्दी कपड़े उतारो।" कहते हुए शमा ने अपने भी कपड़े उतार दिये। अब कमोलिका और शमा बिल्कुल निर्वस्त्र थीं। कमोलिका ने देखा कि अब अनारकली अभीर की कमर के नीचे जा चुकी है और अभीर के खौलते लोहे को अपने भीतर लेने को तैयार थी। कमोलिका से यह दुःख भरा मंज़र देखा नहीं जा रहा था कि शमा ने

कमोलिका को अपनी ओर करते हुए कहा-

"किस मी.." शमा की यह बात सुनकर कमोलिका हैरान रह गयी, पर वो कुछ कह पाती उससे पहले शमा ने कमोलिका के होंटों पर अपने होंट रख दिये और कमोलिका को अपने होंट उसके होंटों के हवाले करने के लिए विवश करने लगी। शमा के हाथ अब कमोलिका के वक्षों को मसलने लगे थे और कुछ ही देर में कमोलिका ने भी समर्पण कर दिया। शमा ने फिर कमोलिका की गर्दन में हाथ डालकर अपनी ओर खींच लिया। कमोलिका अब पूरी तरह से शमा के वश में थी। उसके हाथ शमा की कमर पर चल रहे थे। दोनों ही सुंदर युवतियाँ अब प्यार को अलग परिभाषा दे रही थीं। शमा ने कमोलिका को अभीर की तरफ़ घुमाकर उसके वक्षों को ज़ोर-ज़ोर से मसलना शुरू कर दिया। उसने कमोलिका से कहा-

"अब पुकारो अभीर को उसे यह नज़ारा देखने दो।" कहते हुए उसने कमोलिका के गले पर चुम्बनों की बरसात कर दी। कमोलिका ने देखा कि बिस्तर पर अब अनारकली ने अभीर को अपने भीतर समा लिया था और धीरे-धीरे अपनी जीत की ओर अग्रसर हो चली थी। कमोलिका ने वहीं से आवाज़ लगायी-

"अभीर! अभीर! देखो.. देखो अभीर" अभीर उस तरफ़ देखना चाहता था पर अनारकली जो धीरे-धीरे उसके ऊपर हिल रही थी, उसने अपना तने वक्ष अभीर के हाथ में देते हुए कहा-

"नहीं शहज़ादे, उधर मत देखना.. वो भ्रम है।" कमोलिका वहीं से चिल्लाई, "नहीं अभीर, भ्रम वो है। यह असलियत है ..देखो" उसने शमा की तरफ़ इशारा करते हुए कहा। अभीर की नज़र अब कमोलिका पर टिक गयी। जब उसने देखा कि शमा अपने दोनों हाथों से कमोलिका के वक्ष दबा रही थी और उसकी गर्दन पर चूमे जा रही थी। ना जाने अभीर को क्या हुआ वो कमोलिका को इस तरह नहीं देख पा रहा था, पर अनारकली ने अपनी गति तेज़ कर दी जिससे अभीर का ध्यान फिर से कमोलिका से हट गया और वो अनारकली के घर्षण का आनंद लेने लगा। शमा ने देखा कि बात बनते-बनते रह गयी। वो झट से खड़ी हुई और कमोलिका को अभीर की तरफ़ पलटकर बैठा दिया उसकी टाँगें खोल दीं और उससे पीछे से चूमने लगी मानो अब वो आख़िरी दाँव चल रही थी जैसे कि उसने पूरी की पूरी कमोलिका को अभीर के सामने परोस दिया था। पर दूसरे क्षण वो अभीर को ये जताना चाहती थी कि वो उससे उसकी कमोलिका को छीन रही है। यही था उसका प्लान B.. अभीर के मन में जलन पैदा करना।

अभीर ने देखा कि कमोलिका अपना प्यार शमा के संग बाँट रही है।

कमोलिका समझ गयी थी कि यही था शमा का प्लान B कि वो अभीर को जेलैस फ़ील करवाये और अब वो शमा का साथ देने लगी और फिर वही हुआ। अभीर को होश आने लगा। उसे कमोलिका किसी परायी स्त्री के संग मिलाप करती दिखायी दे रही थी। उसे क्रोध आने लगा, पर उसके साथ कौन था? वो हैरानी से अनारकली को देखने लगा। अनारकली ने उसके चेहरे को अपनी ओर करते हुए कहा-

"बस-बस शहज़ादे कुछ पलों की बात है फिर आप हमेशा के लिए मेरे हो जाओगे, बस कुछ पल सब्र कर लो।" उसका इशारा चरम आनंद की तरफ़ था जो अनारकली बस प्राप्त करने वाली थी और वो जानती थी कि एक बार अभीर का विस्फोट उसके भीतर हो गया तो उसके बाद तो अभीर हमेशा- हमेशा के लिए उसका हो जायेगा। उसने घर्षण की रफ़्तार बढ़ा दी। इधर कमोलिका भी यह खेल में अब माहिर हो चुकी थी। उसने वही क्रिया शमा के साथ आरंभ कर दी कि अचानक अभीर की मुँह से अपना नाम सुनकर कमोलिका चौंक गयी।

"कमोलिका! यह क्या कर रही हो?" उसकी आवाज़ में ग़ुस्सा था कि अचानक उसने अनारकली को अपने ऊपर से धक्का दिया और कमोलिका की ओर बढ़ने लगा। तभी अनारकली ग़ुस्से में चिल्लाई-

"नहीं शहज़ादे, तुम मुझे हर बार अतृप्त छोड़कर नहीं जा सकते!!" उसने लगभग अपने नाख़ुन अभीर की पीठ में गाड़ दिये.. कि अचानक एक हरे रंग का धुआँ कमरे में उभरा और अनारकली ग़ायब हो गयी और अभीर बेहोश हो गया। धुएँ के छटते ही वहाँ एक चेहरा नज़र आया, यह विक्की था। विक्की ये नज़ारा देखकर हैरान था। उसकी बहन किसी लड़की के संग नग्न अवस्था में लेस्बियन की तरह प्रेम में लीन थी और सामने अभीर नग्न अवस्था में बिस्तर पर बेहोश पड़ा था। उसने आगे देखा कि कमोलिका दौड़कर अभीर के पास गयी। एक चादर से ख़ुद को ढँका और अभीर को सँभालने लगी।

"अभीर आँखें खोलो, अभीर आँखे खोलो।" विक्की ने देखा कि शमा नग्न अवस्था में वहीं खड़ी यह नज़ारा देख रही है उसे विक्की के आने की भी शर्म नहीं आयी। वो बस अपनी ड्रेस सँभालते हुए कमोलिका को रोते हुए देख रही थी। वो जानती थी कि कमोलिका बस जीतने ही वाली थी कि विक्की ने ऐन मौक़े पर आकर सब गड़बड़ कर दी थी। विक्की ने देखा शमा कहीं खोयी हुई है, उसे तो अपनी ड्रेस ऊपर करने का भी होश नहीं था। अर्धनग्न अवस्था में शमा ग़ज़ब की लग रही थी। ये नज़ारा विक्की को पागल करने के लिए बहुत था कि अचानक

शमा ने विक्की को घूरकर देखा। विक्की समझ गया कि इस वक़्त उसे बाहर चले जाना चाहिए। विक्की के बाहर जाते ही शमा ने अपने कपड़े ठीक किये और कमोलिका के पास गयी।

शमा- "फ़िलहाल तो मुसीबत टल गयी है। सँभालो अभीर को, वैसे यह कौन-था जो अभी आया।"

"मेरा भाई विक्की, मैंने ही उसे बुलाया था। क्यों?"

शमा- "पता नहीं मुझे यह जाना-पहचाना चेहरा लग रहा है, मैंने इसे पहले कहीं देखा है।" कमोलिका ने अभीर के सर के नीचे तकिया देते हुए कहा-

"नहीं यह यहाँ पहली बार आया है, तुम कैसे जानोगी भला!" पर शमा के दिमाग़ में कुछ घूमने लगा था। उसे न जाने क्यों लग रहा था कि उसने विक्की को पहले कहीं देखा है। इसी उधेड़-बुन में उसने अपनी ड्रेस ठीक की और बाहर हॉल की तरफ़ देखने लगी जहाँ विक्की गया था।

उधर हॉल में विक्की ने आकार सिगरेट जलायी। उसकी नज़रों के सामने से शमा की ख़ूबसूरत फ़िगर नहीं जा रही थी। बस एक ही बात उसके मन में घूम रही है कि उसे शमा हर हाल में चाहिए कि अचानक उसके आसपास हरे रंग का धुआँ फैलने लगा। वो हैरान था कि उसे धुएँ के बीच कोई दिख तो नहीं रहा था, सिर्फ़ पायल की आवाज़ आ रही थी।

"कौन है? सामने आओ.." विक्की ने समझा शायद शमा है।

"मैं जानता हूँ तुम ही हो, ग़ज़ब की ख़ूबसूरत हो। मेरी बहन के साथ क्या कर रही थीं? उससे कई गुना आनंद तो मैं तुम्हें दे सकता हूँ।" इतना कहना था कि वो हरे रंग का धुआँ विक्की के आसपास घूमने लगा। विक्की को ऐसा लगा कि किसी तूफ़ान ने उसे जकड़ लिया है।

विक्की- "ऐ छोड़ो मुझे छोड़ो.. कौन है?" कि अचानक धुआँ ग़ायब हो गया और सामने खड़ी थी शमा जो विक्की को घूर रही थी। उसके हाथ में एक किताब थी।

विक्की- "ओह! तो हमसे ही खेल?" विक्की को लगा कि शायद ये सब शमा ने किया था पर वो नहीं जानता था कि यह सब अनारकली कर रही थी और शमा के आते ही वो ग़ायब हो गयी।

विक्की- "मैडम हम तो पहली नज़र में आपके दीवाने हो गये हैं। यह खेल खेलने की क्या ज़रूरत है, हमसे कहिये... पूजा करेंगे आपके इस रूप की।" कहते

हुए उसने शमा की बाज़ू कस के पकड़ ली। शमा छटपटा रही थी कि इतने में कमोलिका बाहर आ गयी। कमोलिका ने विक्की को शांत करके कहा-

"नहीं विक्की जैसा तुम समझ रहे हो वैसा कुछ नहीं है। मैं तुम्हें सब बताती हूँ, मेरे साथ अंदर आओ, अभीर को भी होश आ गया है।"

वो विक्की को अपने साथ अंदर ले गयी। वो ये सब बातें उस हॉल में अनारकली के सामने नहीं करना चाहती थी। बेडरूम में जाकर कमोलिका और फिर अभीर ने सारी बातें विक्की को बतायीं, वो भी विस्तार में। जो कुछ यहाँ घटा था। अब अभीर को भी कमोलिका की बातें सुनकर सारी बातें याद आ गयी थीं। वो लौट आया था। वो बस एक ही बात कहे जा रहा था-

"विक्की ये डील कैंसिल कर दे यार, नहीं चाहिए हमें ये हवेली!" कहते हुए अभीर ने अपना सामान बाँधना शुरू कर दिया। पर विक्की अभीर और कमोलिका को ऐसा नहीं करने दे सकता था। क्योंकि वर्धमान हवेली पाना उसका सपना था। जहाँ उसे अफीम का व्यपार करना था और अब तो उसे ये भी पता चल गया था कि हवेली में एक भूतनी भी रहती है। वो ये सोचकर मन ही मन मुस्कुरा रहा था।

विक्की- "देखो अभीर हम एडवांस दे चुके हैं.."

अभीर- "नहीं चाहिए मुझे एडवांस वापस! भूल जा! बस हमें यहाँ नहीं रहना। ये मेरा आख़िरी फ़ैसला है, जिसे कोई नहीं बदल सकता।"

विक्की देख रहा था कि बात उसके हाथ से निकल रही है और इधर हवेली के बहार जाकर शमा किताब में कुछ खोज रही थी और जिसका उसे अंदेशा था वही उसके सामने आया। विक्की की शक्ल रूद्र से मिलती थी। रूद्र जिसने राजा के कहने पर वाहिद और अनारकली को अलग किया था। इतना ही नहीं रूद्र ने अनारकली का बलात्कार करके उसको तहख़ाने में डालकर मरने के लिए छोड़ दिया था।

"ओह माय गॉड!!" शमा के होश उड़ चुके थे। एक के बाद एक इस कहानी की परतें खुलती जा रही थीं। जो लेकर आने वाली थी अपने साथ एक ज़लज़ला और आज वो रात थी, वो अमावास की क़यामत की रात। वो अभी इन्हीं ख़यालों में गुम थी कि अचानक उसे अंदर से गोली चलने की आवाज़ आयी। शमा घबरा गयी, वो दौड़कर बेडरूम में पहुँची कि नज़ारा देखकर दंग रह गयी।

विक्की के हाथ में रिवोल्वर थी। गोली अभीर की बाज़ू पे लग चुकी थी। जिससे ख़ून बह रहा था और कमोलिका ज़ोर-ज़ोर से चीख़ कर यही कहे जा रही थी-

"ये क्या किया विक्की तुमने? अपने जीजा पर गोली चला दी?"

विक्की- "कमोलिका अपना सीधा-सा असूल है.. न बीवी न बच्चा, न बाप बड़ा न मैया दा होल थिंग इज़ दैट कि सबसे बड़ा रुपिया... और फिर अभीर तो जीजा है!"

कमोलिका- "पर तुमने इस पर गोली क्यों चलायी?"

विक्की- "सिंपल है कमोलिका.. इस हवेली को ख़रीदने के लिए मैंने बड़े पापड़ बेले हैं। जानती हो ये सिर्फ़ हवेली ही नहीं, इसके आसपास के जंगल सोना उगलते हैं सोना। हाँ एक ख़ास क़िस्म की अफीम उगती है यहाँ पर जिसकी क़ीमत इंटरनेशनल मार्केट में करोड़ों में है। कैसे छोड़ दूँ? मेरे पास तो इस प्रॉपर्टी को ख़रीदने के लिए पैसे नहीं थे। अभीर को समझाता तो ये कभी नहीं मानता। फिर मैंने इसे फँसाया। तेरे साथ टाँका भिड़वाया.. ताकि तू मेरी बहन बनके मेरा साथ दे और आज तू कह रही है कि तुम यह हवेली नहीं ख़रीदोगे! ड्रग माफ़िया से डील कर चुका हूँ।"

अभीर- "अब तो बिल्कुल नहीं खरीदूँगा मैं ये हवेली। अब तेरा असली चेहरा देखकर तो बिल्कुल नहीं।" इतना सुनकर विक्की अभीर पर दूसरी गोली चलाने को था कि शमा की आवाज़ ने उसे चौंका दिया-

"विक्की रुक जाओ! तुम जानते नहीं तुम कितना बड़ा ख़तरा मोल ले रहे हो और यह अभीर पर गोली चलाकर तुमने अच्छा नहीं किया। इसलिए नहीं कि ये तुम्हारा जीजा है या कमोलिका का पति है, बल्कि इसलिए क्योंकि यह अनारकली का वाहिद ख़ान है!"

विक्की- "लो एक और आ गयी.." कहते हुए उसने वो रिवोल्वर शमा के माथे पर तान दी।

विक्की- "तुमने बनायी है न ये अतरंगी कहानी? इट्स इंट्रेस्टिंग। वाह इस हवेली की क़ीमत तो बढ़ गयी यार.. ५०० साल पुरानी मुग़लों की हवेली ऊपर से इसमें भूतनी भी रहती है.. हे हे हे क्या नाम बताया.. हाँ अनारकली.." चल अभीर.. यह पेपर पकड़ और साइन कर.. आज से यह हवेली मेरी और तू अपनी बीवी को लेकर... हे हे.." इतना कहते ही उसने रिवोल्वर कमोलिका के सर पर

रख दी।

अभीर- "ये क्या कर रहा है विक्की? तेरी बहन है कमोलिका?" कि विक्की फिर से अपने भद्दे अंदाज़ में वो गाना गाने लगा, "न बीवी न बच्चा, न बाप बड़ा न मैया, दा होल थिंग इज़ दैट ..." विक्की अपनी बात पूरी ही नहीं कर पाया था कि शमा ने देखा कि अभीर साइन करने के लिये तैयार हो गया है। इतना देख शमा अभीर को ज़ख़्मी हालत में खींचकर हॉल में ले भागी। यह देख विक्की एक फ़ायर कर दिया, पर गोली दीवार पे जाकर लगी।

उधर हवेली के बाहर प्रदीप अपनी सैंट्रो में वहाँ पहुँच गया था। उसे हवेली के अंदर से गोली चलने की आवाज़ आयी। उसने झट से अपनी कार के डैश बोर्ड से अपनी रिवोल्वर निकाल ली और वो गेट की तरफ़ बढ़ा। पर दरवाज़ा अंदर से बंद था। वो कोई पीछे का रास्ता ढूँढ़ने लगा।

इधर हाल में शमा ज़ख़्मी अभीर की खींच कर ले आयी थी। वो अनारकली की तस्वीर के सामने चिल्लाकर उसे पुकार रही थी-

"देख अनारकली देख! दुश्मन फिर से तेरे शहज़ादे को तुझसे छीनने आ गये हैं। देख तेरे शहज़ादे को कितना ज़ख़्मी कर दिया है। बचा ले इसे नहीं तो ये मर जायेगा। यह देख कमोलिका और विक्की भी बाहर आ गये। विक्की शमा का यह तमाशा देखकर मुस्कुरा रहा था।

"ऐ बंद कर ये तमाशा... कहाँ है तेरी अनारकली... यहाँ इस तस्वीर में.. ले" कहते हुए उसने अनारकली की तस्वीर पर फ़ायर करना शुरू कर दिया। धायँ! धायँ! धायँ! तीन गोलियाँ लगते ही अनारकली की तस्वीर ने एक दम आग पकड़ ली और देखते-देखते अनारकली की तस्वीर जलने लगती है और फिर जलकर ज़मीन पर आ गिरी।

विक्की- "ले देख जल गयी तेरी अनारकली.. राख हो गयी.. बुला और किसी को बुलाना है?" अभीर, कमोलिका, यहाँ तक कि शमा को भी उम्मीद नहीं थी कि विक्की अनारकली की तस्वीर को इतनी आसानी से राख कर देगा और अनारकली कुछ भी नहीं कर पायेगी। विक्की की नज़र अब शमा पर थी। इधर अभीर अपने-अपने ज़ख़्म की वजह से होश खोने लगा था। कमोलिका उसे जगाने की कोशिश कर रही थी-

"आँखे खोलो अभीर.. आँखे खोलो.." और इधर विक्की ने शमा को बन्दूक़ की नोक पर ज़मीन पर लेटा दिया और एक ही बार में शमा के कपड़े फाड़ दिये।

पर शमा यही कहे जा रही थी-

"तुम बहुत बड़ी ग़लती कर बैठे हो विक्की। जान प्यारी है तो इसी वक़्त ये हवेली छोड़ दो।"

विक्की- "छोड़ दूँ? ये हवेली अब मेरी है और यहाँ की हर चीज़ भी और तुम भी... वो क्या कहते हैं.. कनीज़ बना के रखूँगा तुम्हें... यू बिच.." कहते हुए उसने शमा के गाल पर एक ज़ोर का थप्पड़ जड़ दिया था, जिससे शमा के चहरे से ख़ून बहने लगा और वो होश गँवाने लगी थी। विक्की के अंदर का जानवर जाग चुका था। वो अब शमा के साथ वो करने जा रहा था जो किसी भी वहशी के लिए सबसे शर्मनाक कर्म होता है। उसने शमा के पास जाकर उसके ब्लाउज को एक ही झटके में खींच दिया। शमा के बड़े-बड़े वक्ष देखकर उसकी आँखों में चमक आ गयी। वो अब किसी भूखे जानवर की तरह शमा के वक्षों को नोच रहा था। असहाय-सी शमा अब मदद के लिए चिल्ला रही थी कि तभी किसी खिड़की से प्रदीप अंदर आने की कोशिश कर रहा था उसने सारा नज़ारा अपनी आँखों से देख लिया था। वो एक कोना पकड़ विक्की पर अपनी रिवोल्वर से निशाना लगाने को ही था कि अचानक उसने देखा कि नीचे पड़ी अनारकली की तस्वीर की राख से एक हरे रंग का धुआँ बनने लगा और अचानक उस धुएँ ने एक बड़ी-सी नर्तकी का आकार ले लिया। ये अनारकली थी, उसका क्रूर रूप।

अनारकली ने विक्की को उसकी गर्दन से पकड़ लिया। विक्की यह देख घबरा गया। शमा यह नज़ारा देखकर हैरान नहीं थी, उसे उम्मीद थी कि अनारकली रूद्र से बदला लेने ज़रूर आयेगी कि अगले पल अनारकली ने विक्की को उठाया और हवा में घुमाते हुए दीवार पर दे मारा। प्रदीप भी खिड़की के पास खड़ा यह सारा नज़ारा देखकर स्तब्ध था। शमा ने जल्दी से अपने कपड़े पहने और जाकर अभीर और कमोलिका को सहारा दिया। अब तो सभी अनारकली के इस रूप को अपने सामने देखकर दंग थे और फिर अनारकली ने अपना आख़िरी वार किया। उसने अपना आकार बड़ा कर लिया और विक्की की दोनों टाँगे पकड़कर हवा में उठा लीं। ख़ून से लथपथ विक्की अपनी ज़िन्दगी की भीख माँग रहा था कि अनारकली ने विक्की की एक टाँग एक हाथ में पकड़ी और दूसरी दूसरे में और बीच में से उसे चीर डाला।

अनारकली- "रूद्र!!!!!!!!" और अगले ही पल विक्की एक दर्द भरी चीख़ के साथ शांत हो गया। उसकी लाश ख़ून से लथपथ ज़मीन पर पड़ी थी।

प्रदीप को समझने में देर नहीं लगी कि बाक़ी क़त्ल कैसे हुए होंगे।

अचानक अनारकली ने अपना आकर छोटा किया और अभीर को देखकर मुस्कुराने लगी मानो कहना चाह रही हो कि मैंने अपने दुश्मन को मार दिया। वो हाथ बढ़ाकर अभीर को पुकार रही थी-

"चलो शहज़ादे हम इस दुनिया से दूर चलें। अपनी दुनिया में जहाँ अब इस जैसे दुश्मन न हों... सिर्फ़ मैं और आप।" कि अचानक कमोलिका अपने हाथ फैलाते हुए अनारकली और अभीर के बीच में आ गयी-

"अनारकली अगर ये तुम्हारा वाहिद है तो मेरा अभीर भी। जितना तुमने वाहिद को चाहा है उतना ही मैंने अपने अभीर को भी.. भीख माँगती हूँ मुझे मेरा अभीर वापस दे दो.." अनारकली की आँखें ग़ुस्से से लाल होने लगी थीं।

"नहीं आज अमावास की रात है, मैं अपने शहज़ादे को अपने साथ लेकर जाऊँगी।" वो जैसे ही आगे बढ़ने लगी शमा ने उसका रास्ता रोकते हुए कहा।

"नहीं अनारकली तुम ऐसा नहीं कर सकती। माना दुश्मनों ने तुमसे तुम्हारे शहज़ादे को छीन लिया पर उसकी सज़ा तुम इस बेचारी को क्यों दे रही हो। देखो सज़ा दे दी है तुमने रूद्र को.. बस और नहीं।"

इतना सुन अनारकली एक पल के लिए रुकी और इस मौके का फ़ायदा उठाकर कमोलिका ने कहा, "तब तुमसे किसी ने तुम्हारे शहज़ादे को छीना था तो तुम ५०० साल तक भटकती रहीं और आज तुम्हें वो मिल गया। हाँ ले जाओ, पर याद रखना आज तुम मुझसे मेरे अभीर को छीनकर ले जा रही हो। एक सुहागन के सुहाग को। चैन से तो मेरी आत्मा भी नहीं बैठेगी। ५०० क्या १००० साल भी लग जायें मैं अपने अभीर को लेने आऊँगी।" कहते हुए उसने वहाँ पड़ी विक्की की रिवोल्वर उठाकर अपने माथे पर लगा ली-

"यहाँ तुम अभीर को लेकर गयी यहाँ मैंने गोली चलायी और फिर एक और युद्ध शुरू होगा मेरे और तुम्हारे बीच... और अभीर के लिए अगर मेरा प्यार सच्चा है तो इस बार तुम नहीं मैं जीतूँगी।" अनारकली की आँख नम हो गयी थीं। वो प्यार से अभीर को देखे जा रही थी और फिर कमोलिका को जो अभीर को पाने के लिए अपनी जान भी देने के लिए तैयार थी। उसने अभीर के पास आकर कहा-

"शहज़ादे मुझे यक़ीन है कि आप महफ़ूज़ हाथों में हैं। मैं जितना प्यार आपको देती, ये लड़की मुझसे ज़्यादा देगी।" इतना कहकर वो कमोलिका के

पास गयी, "याद रखना लड़की अगर तुम्हारे प्यार में ज़रा-सी कमी रह गयी तो अपने शहज़ादे को लेने मैं फिर आ जाऊँगी।" उसने अभीर के लिए एक मुस्कराहट बिखेर दी। हाथ उठाकर कहा, "अलविदा शहज़ादे" और हरे रंग का धुआँ बनकर खिड़की से ओझल हो गयी। अचानक सब शांत था। प्रदीप को अपनी आँखों पर यक़ीन नहीं हो रहा था। उसने अपनी ज़िन्दगी में न ऐसा केस कभी देखा था न शायद कभी देखेगा। उसने फट से हॉट लाइन पर फ़ोन करके एम्बुलेंस को बुलवा लिया। वो जानता था कि पुलिस डिपार्टमेंट इस कहानी पर यक़ीन नहीं करेगा। पर फिर भी उसने अपनी रिपोर्ट बनाकर पुलिस डिपार्टमेंट में सौंप दी।

अभीर और कमोलिका ने उस हवेली को ख़रीदकर उसमें एक अनाथ आश्रम बना दिया और शमा वहाँ उन अनाथ बच्चों की देखभाल करने लगी। उसे राहुल अपनी कबूतरी के साथ मिलने कभी-कभी आता था और शमा अक्सर राहुल के संग अपने दिल की बात किया करती थी।

***

www.ingramcontent.com/pod-product-compliance
Ingram Content Group UK Ltd.
Pitfield, Milton Keynes, MK11 3LW, UK
UKHW042015190726
13854UKWH00005B/2295

9 789390 944507